BASTEI LÜBBE

Robert Silverberg

Die Berge von Majipoor

Die Majipoor-Chroniken

Ins Deutsche übertragen
von Uwe Anton

BASTEI
LÜBBE

BASTEI-LÜBBE-TASCHENBUCH
Band 24 209

Erste Auflage:
Februar 1996

Deutsche Lizenzausgabe 1996
Bastei-Verlag
Gustav H. Lübbe GmbH & Co.,
Bergisch Gladbach
Originaltitel:
The Mountains of Majipoor
Lektorat:
Christine Schläfer/Stefan Bauer
Titelbild: Jim Burns
Umschlaggestaltung:
Quadro Grafik, Bensberg
Satz: Fotosatz Schell, Hagen a.T.W.
Druck und Verarbeitung:
Brodard & Taupin,
La Flèche, Frankreich
Printed in France

ISBN 3-404-24 209-2

Für Lou Arconia

Redakteure und Verleger kommen und gehen,
doch ein Freund ist ewig ein Freund.

»Ich kann so kühn sein und behaupten, daß kein Mensch sich weiter vorwagen wird, als ich es getan habe ... Man muß sich mit dichtem Nebel, Schneestürmen, starker Kälte und allem anderen auseinandersetzen, was die Navigation gefährlich machen kann, und diese Gefahren werden noch größer durch die unbeschreiblich schreckliche Art des Landes, eines Landes, das von der Natur dazu verdammt wurde, niemals die Wärme der Sonnenstrahlen zu spüren, sondern für immer unter dauerhaftem Schnee und Eis begraben zu liegen ...«

Captain James Cook,
Tagebücher

KAPITEL

1

Der Himmel, der in all den Wochen von Harpirias' Reise gen Norden in dieses rauhe und stürmische Land frostig blau gewesen war, wies an diesem Tag die Farbe von Blei auf. Die Luft war so kalt geworden, daß sie die Haut zu verbrennen schien. Ein schneidender, scharfer Wind stürmte plötzlich den schmalen Paß in der hohen Gebirgswand direkt vor ihm hinab und brachte Wolken winziger, harter Partikel mit sich, Myriaden scharfkantiger Gebilde, die wie kleine, stachelbewehrte Insekten gegen Harpirias' ungeschützte Wangen prallten.

»Prinz, Ihr habt mich gestern gefragt, wie es bei einem Schneesturm ist«, sagte Korinaam, der Gestaltwandler, der der Führer der Expedition war. »Heute werdet Ihr es herausfinden.«

»Ich dachte, hier wäre jetzt Sommer«, sagte Harpirias. »Schneit es in den Khyntor-Marschen selbst im Sommer?«

»Selbst im Sommer, o ja, sehr oft sogar«, erwiderte Korinaam ernst. »Manchmal unablässig viele Tage lang. Wir nennen das Wolfssommer. Wenn die Schneewehen sich höher auftürmen als der Kopf eines Skandars und ausgehungerte Steetmoys dutzendweise aus dem Norden kommen, um über die Herden der Bauern am Fuß der Hügel herzufallen.«

»Bei der Lady, wenn das Sommer ist ... wie sehen in diesem Land dann die Winter aus?«

»Wenn Ihr ein gläubiger Mann seid, tätet Ihr gut daran zu beten, daß der Göttliche Euch nie die Gelegenheit geben wird, es herauszufinden«, sagte Korinaam. »Kommt, Prinz. Der Paß erwartet uns.«

Harpirias kniff die Augen zusammen und schaute unbehaglich zu den scharfen Kanten der Höhen vor ihnen. Der Himmel war voller schwerer, düsterer Wolken. Es machte ihn allmählich verrückt, daß der peitschende Wind mit wachsender Kraft immer wieder eine Handvoll dieser scharfen kleinen Partikel gegen sein Gesicht schleuderte.

Es war sicherlich Selbstmord, sich in diesem Sturm höher hinauf zu wagen. Stirnrunzelnd warf Harpirias einen Blick auf Korinaam. Der Gestaltwandler schien sich nicht an den sich über ihnen zusammenballenden Gewalten zu stören. Sein gebrechlicher, schwacher Körper war lediglich in ein gelbes Stück Stoff gehüllt, das er um die Hüften geschlungen hatte. Sein grünlicher Torso sah wie Gummi aus und zeigte keine Reaktion auf die bittere Kälte, die so plötzlich eingesetzt hatte. Sein Gesicht, das praktisch keine Züge aufwies, war fast unmöglich zu deuten. Winzige Nase, ein Schlitz als Mund, eng beieinander stehende Augen, die sehr schräg unter schweren Brauen lagen.

»Ist es wirklich klug, den Paß zu überqueren, während es schneit?« fragte Harpirias.

»Klüger, als hier auf die Lawinen und die Überschwemmungen zu warten, die dem Schnee folgen werden«, sagte der Gestaltwandler. Seine Brauen, die fast wie Kapuzen waren, zogen sich kurz zurück. In den dunklen, unnachgiebigen Augen darunter lag ein kompromißloser Blick. »Wenn man im *Wolfssommer* über diese Straßen reist, lautet die Regel: je höher, desto besser. Kommt, Prinz. Der echte Schneefall hat uns noch nicht erreicht. Dieses Eis ist nur ein Vorbote, die Vorhut, die mit dem ersten Wind kommt. Wir sollten weiterziehen, bevor es schlimmer wird.«

Korinaam sprang in den Schweber, den er sich mit Harpirias teilte. Hinter ihnen standen acht ähnliche Fahrzeuge hintereinander auf der schmalen Bergstraße. An Bord von ihnen befanden sich die zwei Dutzend Soldaten dieser Expedition in die ungastlichen Nordlande, die Harpirias zögernd anführte, und die Ausrüstung, die ihnen bei ihrem schwierigen und gefährlichen Vorstoß in dieses öde, abstoßende Land helfen sollte. Doch Harpirias wartete noch einen Augenblick, blieb neben der geöffneten Tür des Schwebers stehen und sah ehrfürchtig und erstaunt zu dem aufziehenden Sturm hinauf.

Schnee! Richtiger Schnee!

Er hatte von Schnee gehört. Er hatte als Kind in Büchern davon gelesen: es handelte sich um gefrorenes Wasser, das durch extreme Kälte in eine Art greifbare Substanz verwandelt worden war. Es klang wie Zauberei: lieblicher weißer Staub, einfach und rein, kalt über jedes Begriffsvermögen hinaus, der bei der Berührung auf den Fingern schmolz.

Ja, Zauberei. Unwirklich, der Stoff, aus dem Sagen und Hexerei sind. Fast nirgendwo sonst in der riesigen Welt Majipoors stieß man auf so niedrige Temperaturen, daß Wasser dort tatsächlich gefror. Ganz bestimmt fand man niemals Schnee auf den luftigen Höhen des Burgbergs, auf dem Harpirias die Kindheit und das junge Mannesalter unter den Rittern und

Prinzen des Hofes des Coronals verbracht hatte. Dort hielten die großen, in uralten Zeiten erbauten Wettermaschinen die Fünfzig Städte in ewigen, sanften Frühling gehüllt.

Doch es hieß, daß in den schlimmsten Wintern manchmal Schnee auf den höchsten Kämmen manch anderer Berggipfel fiel: auf dem Berg Zygnor im nördlichen Alhanroel, und in der Bergkette Gonghar, die quer durch die Mitte des Kontinents Zimroel verlief. Aber Harpirias war dem Zygnor nie näher als tausend und dem Gonghar-Gebirge nie näher als fünftausend Meilen gekommen. Er war noch nirgends gewesen, wo man mit Schneefall rechnen mußte, bis man ihm plötzlich das Kommando über diese unglaubliche Mission in den tiefen Norden Zimroels gegeben hatte – in das schroffe und hohe Gebirgsgürtel-Plateau, das als Khyntor-Marschen bekannt war. Sie waren fürwahr das Mutterland des Schnees und berüchtigt für ihre heulenden, eisigen Stürme und furchtbaren, von Gletschern bedeckten Gipfel. Dies war die einzige Region auf ganz Majipoor, wo wahrhaftig der Winter herrschte: hinter den ehrfurchtgebietenden Bergen, die als die *Neun Schwestern* bekannt waren, eine ganze Halbinsel vom Rest der Welt abschnitten und sie zu einem ureigenen, strengen und kalten Klima verdammten.

Harpirias und seine Gefährten hatten die Reise im Sommer angetreten. Deshalb hatte er nicht damit gerechnet, tatsächlich in einen Schneesturm zu geraten, höchstens vielleicht einen Blick auf liegengebliebenen Schnee vom vergangenen Winter zu erhaschen, der die höchsten Gipfel bedeckte. Und so war es in der Tat gekommen. Die Reisenden hatten die grünen, runden Hügel, die sich hinter der Stadt Ni-moya erhoben, erst um ein paar hundert Meilen hinter sich gelassen, als die Landschaft sich allmählich veränderte und die üppigen, dichten Büsche spärlichen Gruppen von Bäumen mit gelben Stämmen wichen. Dann erhoben sich im Norden auch schon die ersten Hügel der *Marschen,* die beständig zu einem ansteigenden Terrain aus flachen, grauen Gesteinsplatten hinaufführten, die von reißenden Strömen durchschnitten wurden, und schließlich kam die erste der *Neun Schwestern* von Khyntor in Sicht: *Threilikor,* die *Weinende Schwester.* Doch zu dieser Jahreszeit lag kein Schnee auf *Threilikor,* nur die Vielzahl von Bächen, kleinen Flüssen und Wasserfällen war zu sehen, die ihr den Namen gegeben hatten.

Der nächste Berg aber, den sie erreichten, war *Javnikor,* die *Schwarze Schwester,* und die Straße, die sie an ihrer Flanke vorbeiführte, zeigte Harpirias ihre Nordseite, wo in der Nähe des Gipfels der dunkle Fels hier und da von vereinzelten, hellen weißen Stellen verkrustet wurde, die wie Schönheitsflecken aussahen. Noch tiefer im Norden, an den Seiten des Berges, der als *Cuculimaive* bekannt war – die *Liebliche Schwester,* eine symmetrische Masse aus rosafarbenem Stein, die mit unzähligen kleinen Gipfeln, Felstürmen und an die Oberfläche tretenden Gesteinsschichten in allen nur erdenklichen Formen geschmückt war – erblickte Harpirias etwas noch Seltsameres: lange, grauweiße Eiszungen, die von den Gipfeln hinabkrochen. Korinaam erklärte ihm, es handele sich um Gletscher. »Gefrorene Eisbäche sind sie, Flüsse aus Eis, die langsam ins Tiefland kriechen, sehr langsam, jährlich kommen sie vielleicht nur um einen Meter voran.«

Flüsse aus Eis! Wie konnte es so etwas geben?

Nun lagen die Zwillingsschwestern vor ihnen, *Shelvokor* und *Malvokor*, die die Reisenden nicht umgehen konnten, sondern besteigen mußten, wollten sie ihr Ziel erreichen. Zwei riesige, eckige Steinblöcke, die sich nebeneinander erhoben, gewaltig breit und so riesig, daß Harpirias ihre Höhe nicht einmal schätzen konnte, denn ihre oberen Bereiche wurden von dichtem Weiß eingehüllt, auch ihre Südseiten. Wenn die Sonnenstrahlen also auf ihre Oberflächen fielen, leuchteten sie so grell, daß man nicht hinschauen konnte. Jener schmale Paß, von dem Korinaam erklärt hatte, daß sie ihn nun überqueren mußten, führte hinauf und zwischen ihnen hindurch. Und von diesem Paß wehte ein Wind hinab, wie Harpirias ihn nie zuvor erlebt hatte, ein Wind, der sich an allem rieb, was ihm in den Weg kam, ein Wind aus der Grube, ein Wolfswind, ein Dämonwind, der kalt, beißend und wütend die scharfen, eisigen Vorboten eines Sommerschneesturms mit sich brachte.

»Nun?« fragte Korinaam.

»Glaubst du wirklich, wir sollten dort hinauffahren?«

»Es gibt keine andere Möglichkeit.«

Harpirias zuckte mit den Achseln und stieg zu dem Gestaltwandler in den Schweber. Korinaam berührte die Schalter, und das Fahrzeug glitt vor. Die anderen folgten ihnen.

Eine Zeitlang erschien ihm der Aufstieg seltsam und wunderschön. Der Schnee senkte sich auf sie nieder in leuchtenden, vom Wind gepeitschten Bändern, die in einem wilden, hektischen Tanz wirbelten und schwirrten. Die Luft vor ihnen nahm von den funkelnden Flocken, die in ihr stöberten, einen wundersamen Glanz an. Ein weicher, weißer Mantel bedeckte allmählich die schwarzen Wände des Passes.

Doch dann wurde der Sturm stärker, und der Mantel schlang sich immer enger um sie. Harpirias sah nur noch weiß, vor, hinter, über und rechts und links von ihnen. Auf allen Seiten war Schnee, nur Schnee, ein dichtes Gestöber von Schnee.

Wo war die Straße? Es war ein Wunder, daß Korinaam sie überhaupt noch sehen, geschweige denn jeder Biegung und Windung folgen konnte.

Obwohl es in dem Schweber recht warm war, stellte Harpirias fest, daß er zu frösteln begonnen hatte und einfach nicht damit aufhören konnte. Aufgrund der Blicke, die er in den frühen Etappen des Aufstiegs auf den Paß hatte werfen können, wußte er, daß die Straße trügerisch war und sich über schreckliche Abgründe von einer Seite zur anderen schlängelte, während sie zwischen den beiden massiven Bergen hinaufführte. Selbst wenn Korinaam den Schweber nicht einfach in einer der schärferen Kurven über den Straßenrand steuerte, würde der Wind wahrscheinlich das Fahrzeug ergreifen und es den Hang hinabstürzen.

Harpirias saß ganz unbeweglich da, sagte nichts und versuchte, seine Zähne am Klappern zu hindern. Es paßte nicht, daß er Furcht zeigte. Er war ein Ritter am Hof des Coronals, ein Nutznießer der harten und rigorosen Ausbildung, die dieser Begriff andeutete. Vor tausend Jahren hatte sein berühmter Vorfahr Prestimion diese Welt ruhmreich beherrscht und Taten von großem Ansehen vollbracht, zuerst als Coronal, dann als Pontifex. Durfte ein Nachfahre des glänzenden Prestimion es sich leisten, vor einem Gestaltwandler Feigheit zu zeigen?

Nein. Nein.

Und doch ... der starke Wind ... diese Kurven ... die blendenden Wogen des immer dichter werdenden Schnees ...

»Man erzählt sich die Geschichte des großen Ungetüms *Naamaaliilaa*«, sagte Korinaam ruhig und schaute Harpirias beiläufig an, während er sprach, »das allein über diese Berge schritt, in den Tagen, in denen es das einzige Wesen war, das auf dieser Welt lebte. Und in einem Sturm wie diesem hauchte es eine Eisklippe an und leckte mit der Zunge über die Stelle, die es angehaucht hatte, und mit den Bewegungen seiner Zunge schnitzte es eine Gestalt aus dem Eis. Das war *Saabaataan*, der Blinde Riese, der erste Mann unserer Art. Und dann hauchte es erneut, leckte wieder und brachte *Siifiinaatuur* aus dem Eis hervor, die Rote Frau, die Mutter von uns allen. Und *Saabaataan* und *Siifiinaatuur* gingen aus diesem eisigen Land in die Wälder Zimroels hinab, waren fruchtbar und vermehrten sich und breiteten sich über die ganze Welt aus, und so entstand die Rasse der *Piurivar*. Darum ist dies ein heiliges Land für uns, Prinz. An diesem Ort des Frosts und Sturm wurden unsere ersten Eltern gezeugt.«

Harpirias antwortete nur mit einem Brummen. Sein Interesse an den Schöpfungsmythen der Gestaltwandler war bestenfalls bescheiden, und diese Fahrt stellte alles andere als den besten Fall dar.

Der Wind traf den Schweber mit der Kraft der Faust eines Riesen. Das Fahrzeug begann zu torkeln, schwankte wie ein Strohhalm in einer Brise und scherte zum Rand des Abgrunds aus. Völlig gelassen brachte Korinaam es mit einer leichten Bewegung eines seiner langen, vielgliedrigen Finger wieder auf den richtigen Weg zurück.

»Was meinst du«, fragte Harpirias mit zusammengebissenen Zähnen, »wie weit ist es noch bis zum Tal der Othinor?«

»Zwei Pässe und drei Täler hinter diesem, mehr nicht.«

»Aha. Und was glaubst du, wie lange werden wir bis dorthin brauchen?«

Korinaam lächelte gleichgültig. »Eine Woche, vielleicht. Oder zwei, oder drei. Vielleicht auch ewig.«

KAPITEL 2

Es war niemals Harpirias' Absicht gewesen, sich in das trostlose, verschneite Ödland der Khyntor-Marschen zu wagen. Als Mitglied einer der großen Pontifikalfamilien, ein Prestimion von Muldemar, hatte er davon ausgehen können, seine Tage in aller Bequemlichkeit auf dem Burgberg im Dienst des Coronals Lord Ambinole zu verbringen und mit der Zeit vielleicht in den Rang des Beraters des Coronals aufzusteigen, oder vielleicht zu einem hohen Ministeramt, oder sogar Herzog einer der Fünfzig Städte zu werden.

Doch sein Weg nach oben war abrupt unterbrochen worden, aus dem grausamsten und zugleich alltäglichsten aller Gründe.

Mit einer Gruppe von sechs Gefährten war er an seinem fünfundzwanzigsten Geburtstag – ein schicksalhafter Tag für ihn – aus der Burg hinab und zum bewaldeten Landsitz in der Nähe der Stadt Halanx geritten. Die Familie seines Freundes Tembidat unterhielt dort seit langer Zeit ein Jagdrevier. Der Ausflug war Tembidats Idee gewesen, Tembidats Geschenk an ihn.

Die Jagd war eine der größten Vergnügen für Harpirias. Er war ein Mann von kleiner Gestalt, wie die meisten Angehörige der Linie Prestimion, aber agil, breitschultrig und stark – ein angenehmer, offener, athletischer junger Mann. Er liebte die Jagd in all ihren Phasen: das Anschleichen, das Sichten der Beute, die süße Luft, die an seinen Wangen vorbeipfiff, während er sie verfolgte, der Augenblick des Innehaltens, um zu zielen. Und dann natürlich das Töten. Welch schönere Möglichkeit gab es, seinen Geburtstag zu feiern, als auf elegante Weise ein paar Bilantoons oder Tuamiroks mit ihren scharfen Stoßzähnen abzuschlachten, das Fleisch dann für ein Freudenfest nach Hause zu bringen und ein oder zwei Trophäen an die Wand zu hängen?

Den ganzen Tag über hatten Harpirias und seine Freunde gejagt, und zwar mit größtem Erfolg. Sie erlegten nicht nur zwanzig Bilantoons und zwei Tuamiroks, sondern auch einen fetten, saftigen Vandar, einen zarten Onathil mit beträchtlicher Schulterhöhe und – als der Nachmittag in den Abend überging – die schönste Beute überhaupt, einen majestätischen Sinileese, der eine prachtvolle, leuchtend-weiße Haut und ein herrliches, vielverzweigtes Geweih besaß. Harpirias selbst brachte ihn zur Strecke, mit einem einzigen, gut gezielten Schuß über eine erstaunliche Reichweite, einem sauberen Schuß, der ihn mit Stolz auf seine Zielsicherheit erfüllte.

»Ich hatte keine Ahnung, daß deine Familie so seltene Geschöpfe wie dieses in ihrem Revier hält«, sagte Harpirias zu Tembidat, als sie den Kadaver des Sinileese geborgen hatten und er ihn für den Transport zur Burg vorbereitete.

»Das habe ich selbst nicht gewußt«, sagte Tembidat

mit seltsam ernstem und unbehaglichem Tonfall, der Harpirias ein Hinweis auf das Kommende hätte sein müssen. Aber Harpirias war mit zu großer Freude über seine Leistung erfüllt, als daß er es bemerkt hätte. »Ich gestehe ein, daß ich etwas überrascht war, als ich ihn dort stehen sah«, fuhr Tembidat fort. »Wirklich selten ... ein weißer Sinileese. Ich habe noch nie einen weißen Sinileese gesehen. Du etwa?«

»Vielleicht hätte ich ihn leben lassen sollen«, sagte Harpirias. »Vielleicht war er ein besonderer Siegespreis deines Vaters ... ein Lieblingstier von ihm ...«

»Von dem er nie gesprochen hat? Nein, Harpirias!« Tembidat schüttelte den Kopf, ein wenig zu heftig vielleicht, als wolle er sich selbst von etwas überzeugen. »Er kann nichts von ihm gewußt haben, oder es war ihm gleichgültig, sonst hätte er ihn nicht frei herumstreifen lassen. Das hier ist das Grundstück unserer Familie, und alle Tiere hier sind Freiwild. Und deshalb ist der Sinileese mein Geburtstagsgeschenk an dich. Mein Vater würde nur Freude empfinden, wenn er wüßte, daß du ihn getötet hast und dies deine Geburtstagsjagd war.«

»Was sind das für Leute, Tembidat?« fragte ein anderes Mitglied der Jagdgesellschaft plötzlich. »Die Wildhüter deines Vaters, oder?«

Harpirias schaute auf. Drei stämmige Fremde mit grimmigen Gesichtern und in scharlachroter und purpurner Livree waren aus dem Wald auf die Lichtung getreten, auf der die Jäger an der Arbeit waren.

»Nein«, sagte Tembidat, und in seiner Stimme lag wieder diese seltsame Anspannung, »nicht die meines Vaters, sondern die unseres Nachbarn, Prinz Lubovine.«

»Eures … Nachbarn …«, sagte Harpirias, und seine Besorgnis wurde größer, als er bedachte, auf welch beträchtliche Entfernung er den Sinileese getötet hatte.

Nun fragte er sich allmählich, wem der Sinileese tatsächlich gehörte.

Der größte und am grimmigsten dreinschauende der scharlach- und purpurrot gekleideten Fremden grüßte sie nachlässig. »Hat einer von Euch Herren zufällig gesehen …« sagte er, und dann wurde seine Stimme zu einem Knurren. »Aha, ja, anscheinend habt Ihr …«

»Einen weißen Sinileesen mit scharlachrotem Geweih«, sagte ein anderer der Neuankömmlinge knapp und bündig.

Es folgte ein häßlicher Augenblick feindseligen Schweigens. Die drei betrachteten mit düsteren Gesichtern das Tier, über dem Harpirias kniete. Der hörte mit dem Häuten auf, legte das Messer zu Boden und betrachtete seine blutigen Hände. Er nahm ein stürmisches Tosen in seinen Ohren wahr, als würde eine schäumende Flut durch seinen Schädel rauschen.

»Ihr wißt doch sicher«, sagte Tembidat schließlich mit einem unsicheren Anflug von Trotz in der Stimme, »daß dies das Jagdrevier der Familie des Herzogs Kestir von Halanx ist, dessen Sohn ich bin. Wenn euer Tier die Grenze überquert und sich auf unser Land verirrt hat, bedauern wir seinen Tod, aber es war unser Recht, es als legitime Beute anzusehen. Wie ihr genau wißt.«

»Wenn es die Grenze überschritten hätte«, sagte der erste von Prinz Lubovines Wildhütern. »Wenn. Aber der Sinileese, den wir den gesamten Nachmittag über verfolgt haben, seit er aus seinem Käfig ausgebrochen ist, war auf dem Gebiet unseres Prinzen, als Ihr ihn erschossen habt.«

»Auf ... dem ... Gebiet ... eures ... Prinzen ...« stammelte Tembidat.

»In der Tat. Seht Ihr die Grenzmarkierung dort drüben, die auf diesen Pinglabaum gebrannt wurde? Das Blut des Sinileese befleckt noch ein gutes Stück dahinter den Boden. Wir sind dieser Blutspur bis hierher gefolgt. Ihr könnt das Tier zwar über die Grenze auf Herzog Kestirs Land tragen, doch das ändert nichts an der Tatsache, daß es auf Prinz Lubovines Gebiet stand, als Ihr es getötet habt.«

»Stimmt das?« sagte Harpirias zu Tembidat. Ein Anflug von Entsetzen ließ seine Worte scharf klingen. »Ist das die Grenze des Landes deines Vaters?«

»Anscheinend«, murmelte Tembidat dumpf.

»Das Tier war das einzige seiner Art, der größte Schatz von Prinz Lubovines Sammlung«, sagte der Wildhüter. »Wir beanspruchen sein Fleisch und sein Fell; aber Eure törichte Wilderei wird Euch noch viel teurer zu stehen kommen. Merkt Euch meine Worte, meine jungen Prinzen.«

Die drei Aufseher luden den Sinileese auf ihre Schultern und gingen mit ihm in den Wald zurück.

Harpirias stand wie betäubt da. Prinz Lubovines Park mit seinen seltenen Tieren war für die Schätze bekannt, die er enthielt. Und Prinz Lubovine war nicht nur ein Mann von großer Macht, unermeßlichem Reichtum und hoher Herkunft – er führte seine Abstammung auf den Coronal Lord Voriax zurück, den älteren Bruder des berühmten Valentine, der während der Zeit der Sorgen vor fünf Jahrhunderten Coronal und dann Pontifex gewesen war –, sondern auch als Mann von kleinlichem und nachtragendem Naturell bekannt, der keinen Affront einfach so hinnahm.

Wie hatte Tembidat so dumm sein können, die Jagdgesellschaft direkt an die Grenze zu Lubovines Besitz zu führen? Warum hatte Tembidat nicht gesagt, daß die Grenze nicht markiert war, warum hatte er ihn nicht gewarnt, wie gefährlich es sein könnte, auf diesen fernen Sinileese zu zielen?

»Wir werden vollen Schadenersatz leisten, mein Freund«, sagte Tembidat, der Harpirias' Bestürzung natürlich bemerkt hatte. »Zweifle nicht daran. Mein Vater wird mit Lubovine sprechen. Wir werden klarstellen, daß es schlicht und einfach ein Fehler war, daß du nicht die geringste Absicht hattest, in seinem Revier zu wildern. Wir werden ihm drei neue Sinileese kaufen, *fünf* neue Sinileese ...«

Aber so einfach war die Sache natürlich nicht zu bereinigen.

Man entschuldigte sich vielmals. Man leistete einen Schadenersatz. Man versuchte – vergeblich –, für den erzürnten Prinz Lubovine einen anderen weißen Sinileese zu finden. Hochrangige Verwandte von Harpirias, Prestimions, Dekkerets und Kinnikens, setzten sich für ihn ein und baten um Nachsicht für einen – denn etwas anderes war es schließlich nicht gewesen – harmlosen jugendlichen Fehler.

Und dann, gerade als er dachte, über die ganze Sache sei Gras gewachsen, wurde Harpirias auf einen niedrigen diplomatischen Posten in der riesigen Stadt Ni-moya versetzt, auf Majipoors Nebenkontinent Zimroel, Tausende und Abertausende Meilen vom Burgberg entfernt.

Die Anordnung traf ihn wie ein Axthieb. Seine Karriere war damit praktisch beendet. Sobald er erst einmal in Zimroel war, würde man ihn in der Burg vergessen. Vielleicht würde er Jahre, ja sogar Jahrzehnte abwesend sein; vielleicht würde man ihn nie wieder zum Regierungssitz zurückbeordern. Und seine Pflichten in Ni-moya würden bedeutungslos sein. Jahr für Jahr würde er seine Tage damit verbringen, Akten zu wälzen, langweilige Berichte zu schreiben und unwichtige Dokumente mit seinem Siegel zu versehen. Und derweil würden alle anderen jungen Lords seiner Generation auf der Leiter an ihm vorbeiklettern und die hohen Posten am Hof des Coronals einnehmen, von denen einer aufgrund seiner Geburt und seiner Fähigkeiten rechtens ihm zustehen müßte.

»Das ist Lubovines Werk, nicht wahr?« fragte Harpirias seinen Freund, als klar war, daß die Versetzung unwiderruflich war. »So nimmt er Rache für seinen verdammten Sinileese. Aber es ist nicht fair ... das ganze Leben eines Mannes nur wegen eines dummen Tiers zu ruinieren, das versehentlich getötet wurde ...«

»Dein Leben wird nicht ruiniert sein, Harpirias«, erwiderte Tembidat.

»Nicht?«

»Du wirst sechs Monate in Ni-moya verbringen, höchstens ein Jahr. Mein Vater geht fest davon aus. Lubovine ist sehr mächtig und besteht darauf, dir eine letzte Vergeltung für deine Tat aufzuerlegen. Dein Exil ist eine Art Buße. Du bleibst eine Weile in Ni-moya und kommst dann zurück. Das hat er dem Coronal versprechen müssen.«

»Und du glaubst, daß es wirklich so geschehen wird?«

»Auf jeden Fall«, sagte Tembidat.

Aber so sollte es nicht geschehen.

Harpirias brach mit den düstersten Ahnungen nach Ni-moya auf. Es war auf jeden Fall eine große und sehr schöne Stadt, die größte in Zimroel, eine Metropole mit über dreißig Millionen Einwohnern. Auf Hunderten von Meilen erhoben sich wunderbare weiße Türme über das reißende Wasser des mächtigen Flusses Zimr. Aber es war trotzdem eine Stadt in Zimroel. Niemand, der in der Herrlichkeit des Burgbergs aufgewachsen war, konnte sich leicht an die geringere Pracht des anderen Kontinents gewöhnen.

Harpirias blieb einen langweiligen Monat nach dem anderen dort in Ni-moya und nahm unbedeutende und beleidigende bürokratische Funktionen in einem Amt dar, das »Ministerium für Zusammenarbeit zwischen den Provinzen« genannt wurde und weder in den Einflußbereich des Coronals noch in den des Pontifex zu fallen, sondern in einer Art regierungsmäßigem Niemandsland irgendwo dazwischen zu liegen schien.

Er wartete sehnlich auf die Nachricht, die ihn zum Burgberg zurückrufen würde. Und wartete.

Und wartete.

Mehrmals stellte er offizielle Anträge auf eine Versetzung in den Dienst auf dem Berg. Er bekam keine Antwort. Er schrieb an Tembidat und erinnerte ihn an das angebliche Versprechen des Coronals, ihn nach einer Weile nach Hause zu holen. Tembidat erwiderte, er sei absolut davon überzeugt, der Coronal wolle zu seinem Wort stehen.

Der Jahrestag von Harpirias' Ankunft kam und ging, und er begann ein zweites Jahr des Exils.

Mittlerweile bekam Harpirias von seinen Freunden und Verwandten in der Burg nur noch spärliche Nachrichten: gelegentlich einen kurzen Brief und ein wenig Klatsch. Die Abstände zwischen den Briefen wurden länger und länger. Es war, als würde es ihnen allmählich peinlich, ihm zu schreiben. Also kam es genau, wie er es befürchtet hatte. Er geriet in Vergessenheit. Seine Laufbahn war an ihrem Ende angelangt; er würde seine Tage als kleiner Beamter in der obskuren Verwaltungsabteilung dieser ungeheuer großen, aber eindeutig provinziellen Stadt von Majipoors untergeordnetem Kontinent beenden, für immer abgeschnitten von den Quellen der Macht und Privilegien, zu denen er all die Jahre seines Lebens Zugang gehabt hatte.

Allmählich veränderte sich sein Gemüt. Er, der so übermütig und offen gewesen war, wurde nörglerisch, schroff und nach innen gekehrt, ein verdrossener Mann, der vielleicht über jeden Trost hinaus von dem Unrecht verbittert war, das man ihm angetan hatte.

Als Harpirias dann eines Tages den gerade eingetroffenen Beutel mit der Diplomatenpost aus Alhanroel durchsah und desinteressiert die Vielzahl neuer bedeutungsloser Dokumente überflog, mit denen er sich befassen mußte, stellte er überrascht fest, daß ein Umschlag an ihn persönlich adressiert war. Er trug die Insignien von Prinz Salteir, Hoher Rat des Coronals Lord Ambinole.

Harpirias hätte nie damit gerechnet, je wieder einen Brief von einer so angesehenen Person wie Salteir zu bekommen. Mit zitternden Fingern brach er das Siegel. Und begann voller Verwunderung und Wonne zu lesen.

Eine Versetzung! Lubovine hatte sich erweichen lassen! Sie holten ihn endlich aus Ni-moya heraus!

Doch als er weiterlas, verwandelte sich sein kurz aufgeflammtes Frohlocken in Asche. Statt ins Regierungszentrum zurückgerufen zu werden, wurde er noch weiter weggeschickt. Hatte Lubovine die Rache nicht genügt, ihn in Ni-moya begraben zu haben? Anscheinend nicht. Denn nun stellte Harpirias zu seiner völligen Verärgerung und seinem tiefsten Abscheu fest, daß seine neueste Mission ihn sogar über die Grenzen der Zivilisation hinaus führte: in das verlorene, unter Eis begrabene, gebirgige Territorium an der Nordostspitze Zimroels, in die *Khyntor-Marschen*.

KAPITEL 3

Wie Harpirias später erfuhr, hatte eine wissenschaftliche Expedition sich in den trostlosen und praktisch unbewohnten Bereich der Marschen gewagt, um nach den dort vermuteten fossilen Überbleibseln ausgestorbener Drachen zu suchen: gigantische Reptilien einer früheren Epoche, die auf dem Land lebten und auf irgendeine Art und Weise mit den riesigen und intelligenten Meeresdrachen verwandt waren, die bis auf diesen Tag in großen Herden die unermeßlichen Ozeane Majipoors durchstreiften.

Verworrene und widersprüchliche Sagen über die einstige Existenz solcher Landdrachen auf Majipoor kamen in den Mythologien vieler Rassen vor, die den riesigen Planeten bewohnten. Unter den Liimenschen, dieser unglückseligen Spezies von armen und umherziehenden Wurstverkäufern und Fischern, war es ein Credo, daß die Drachen in einer vergangenen Ära auf dem Land gelebt, sich dann freiwillig ins Meer zurückgezogen hatten um zu irgendeiner Zeit der Apokalypse wieder auf das Ufer zurückzukehren und der Welt die Erlösung zu bringen. Die Hjorts und die zottigen, vierarmigen Skandars hingen einem ähnlichen Glauben nach; und auch die Gestaltwandler oder Metamorphen, die wahren Ureinwohner des Planeten, hatten anscheinend ganz ähnliche Vorstellungen, die ein schon lange untergegangenes Goldenes Zeitalter zum Inhalt hatten, in dem sie und die Drachen die einzigen Bewohner Majipoors gewesen waren und beide Spezies sowohl auf dem Land als auch im Meer in telepathischer Harmonie gelebt hatten. Doch es war schwierig für jemanden, der selbst kein Metamorph war, zu begreifen, woran die Metamorphe wirklich glaubten.

Die Dokumente, die Harpirias erhielt, verrieten ihm, daß eine Gesellschaft von Steetmoy-Jägern, die sich in einem milden Sommer ungewöhnlich weit nach Norden gewagt hatte, tief in die normalerweise verschneiten Bereiche der Khyntor-Marschen eingedrungen war und eine an die Oberfläche tretende Gesteinsader entdeckt hatte, in der versteinerte Knochen von titanischer Größe aus einer schroffen Felsformation hoch oben am Rand einer abgelegenen Schlucht ragten.

In der Annahme, daß es sich bei den Knochen um jene der legendären Landdrachen handelte, hatte eine Gruppe von etwa acht bis zehn Paläontologen von den Verwaltungsbehörden in Zimroel die Erlaubnis bekommen, sich auf die Suche nach den Versteinerungen zu machen. Ein Metamorph namens Korinaam – ein Einheimischer aus Ni-moya, der sich wie eine ganze Reihe Mitglieder seiner Spezies schon lange den Lebensunterhalt damit verdiente, Jagdgesellschaften in die zugänglicheren Bereiche der arktischen Zone zu führen – wurde angeheuert, sie in die Marschen zu bringen.

»Sie gingen im letzten Frühsommer dort hinauf«,

sagte Heptil Magloir, der kleine Vroon aus dem Amt für Altertümer, der die Erforschungsgenehmigung unterzeichnet hatte. »Monatelang hörte man nichts von ihnen. Dann, im Spätherbst, kurz vor dem vollen Einsetzen des Schneefalls in den Marschen, kehrte Korinaam nach Ni-moya zurück. Allein. Die gesamte wissenschaftliche Gruppe sei überwältigt worden und werde gefangengehalten, sagte er, und er sei zurückgeschickt worden, um die Bedingungen für ihre Freilassung auszuhandeln.«

Harpirias runzelte die Stirn. »Gefangengehalten? Wessen Gefangene sind sie? Doch sicherlich nicht die der Leute aus den Marschen.« Man wußte, daß Stämme rauher, halbzivilisierter Nomaden die Marschen durchstreiften und gelegentlich in die besiedelten Regionen Zimroels herunterkamen, um Pelze und Leder zum Kauf feilzubieten sowie das Fleisch der Tiere aus dem Norden, die sie jagten. Doch so wild dieses Bergvolk auch manchmal erschien, hatte es nie versucht, die viel zahlreicheren und mächtigeren Stadtbewohner Majipoors herauszufordern.

»Nicht die Leute aus den Marschen, nein«, sagte der Vroon, der ein Geschöpf mit vielen Tentakeln war und Harpirias kaum bis ans Knie reichte. »Zumindest keine, mit denen wir schon mal zu tun gehabt haben. Es hat den Anschein, daß die Forschungsreisenden von einer Rasse wilder Barbaren attackiert wurden – einem uns bislang unbekannten Volk, das in den nördlichen Marschen lebt.«

»Eine verschollene Rasse?« sagte Harpirias. Plötzlich war er fasziniert. »Ein isolierter Haufen von Gestaltwandlern etwa?«

»Menschen. Die rückständigen Nachkommen – so

behauptet Korinaam – einer kleinen Gruppe von Pelzhändlern, die vor Tausenden von Jahren in die oberen Marschen gezogen sind und dort in einem kleinen, vom Eis umschlossenen Tal gefangen wurden – oder sich dort freiwillig niedergelassen haben. Bis zu den letzten relativ warmen Jahren war es völlig vom Rest Majipoors abgeschlossen. Diese Menschen haben sich zur häßlichsten Form der Wildheit zurückentwickelt und wissen nichts von der Außenwelt. Zum Beispiel haben sie nicht die leiseste Ahnung, daß Majipoor ein Planet von unermeßlicher Größe ist, auf dem Milliarden von Menschen leben. Sie glauben, daß die ganze Welt so wie ihre Region ist, bewohnt von ein paar verstreuten primitiven Stämmen, die sich aus Jägern und Sammlern zusammensetzen. Und als man ihnen vom Coronal und dem Pontifex erzählte, hielten sie sie offensichtlich für nichts anderes als kleine Stammeshäuptlinge.«

»Aber warum haben sie die Wissenschaftler gefangengenommen?«

»Die größte Sorge dieses Volkes, wenn man sie mit dieser Bezeichnung überhaupt würdigen kann«, antwortete der Vroon, »besteht einfach darin, in Ruhe gelassen zu werden. Sie wollen so weiterleben, wie sie immer gelebt haben, und in der uralten Abgeschiedenheit ihres kleinen Tals hinter den Mauern aus Schnee und Eis nicht gestört werden. Sie verlangen vom Coronal eine Garantie dafür. Und sie haben vor, unsere Paläontologen als Geiseln zu halten, bis wir ihnen einen Vertrag vorlegen, der ihnen dies zusichert.«

Harpirias nickte verdrossen. »Also hat man mich auserwählt, bei diesem Haufen von Bergwilden den Gesandten zu spielen?«

»Genau.«

»Na wunderbar. Angenommen, ich gehe zu ihnen und sage ihnen nett und freundlich – vorausgesetzt, daß man überhaupt mit ihnen kommunizieren kann –, daß der Coronal diese schändliche Verletzung ihrer Zurückgezogenheit bedauert, ihre heiligen territorialen Rechte respektiert und schwört, niemals zu versuchen, Siedler in diese unfreundliche, eiskalte Gegend zu schicken, in der sie unbedingt leben wollen. Und angenommen ich lasse sie wissen, daß ich als bevollmächtigter Repräsentant Seiner Majestät Lord Ambinole befugt bin, den Vertrag zu unterschreiben und ihnen alles zu versprechen, was sie verlangen. Lassen sie dann dafür sogleich die Gefangenen frei? Habe ich das richtig verstanden?«

»Es gibt eine kleine Komplikation«, sagte Heptil Magloir.

»Nur eine?«

»Sie erwarten keinen Botschafter. Sie erwarten, daß der Coronal persönlich kommt.«

Harpirias schnappte nach Luft. »Aber das können sie doch nicht ernsthaft glauben!«

»Leider doch. Wie ich Ihnen bereits gesagt habe ... sie haben nicht das geringste Verständnis von der Größe Majipoors, oder der Größe und Erhabenheit des Coronals, oder von den zahlreichen Verantwortungen, die auf seinen Schultern lasten. Diese Bergbewohner sind stolze und empfindliche Leute. Fremde sind in ihr Reich eingedrungen, und das dulden sie anscheinend nicht. Nun halten sie es für völlig angemessen und gerechtfertigt, daß der Häuptling dieser Fremden in ihr Dorf kommt und sie bescheiden um Verzeihung bittet.«

»Ich verstehe«, sagte Harpirias. »Also verlangen Sie von mir, daß ich zu ihnen gehe und mich vor ihnen demütige, während ich die ganze Zeit über behaupte, Lord Ambinole zu sein. Darauf läuft es doch hinaus!«

Die zahlreichen klebrigen Tentakel des Vroon bewegten sich aufgeregt. »Ich habe keinen dahingehenden Vorschlag gemacht«, sagte er leise.

»Nun, als wen soll ich mich dann ausgeben?«

»Tun Sie alles, was sie glücklich macht. Sagen Sie ihnen, was sie hören wollen, sofern Sie damit diese Wissenschaftler freibekommen.«

»Alles. Das schließt auch ein, mich als Coronal auszugeben?«

»Sie müssen selbst entscheiden, welche Taktik Sie anwenden wollen«, sagte Heptil Magloir steif. »In dieser Hinsicht können Sie ganz nach Belieben vorgehen. Sie haben völlig freie Hand. Ein Mann mit Ihrer Fertigkeit und Ihrem Takt wird sich dieser Aufgabe zweifellos als gewachsen erweisen.«

»Ja. Zweifellos.«

Harpirias atmete mehrmals tief ein. Sie wollten, daß er log. Sie *befahlen* ihm zwar nicht zu lügen, hatten aber keine Einwände dagegen, wenn er die Wilden belügen mußte, um die Geiseln zu befreien. Das machte ihn traurig und wütend. Obwohl Harpirias alles andere als sittenstreng war, kam ihm die Vorstellung, sich diesen Barbaren gegenüber als Coronal auszugeben, äußerst unschicklich vor. Es war eine Beleidigung, ihm diesen Vorschlag auch nur zu unterbreiten. Für was für einen Menschen hielten sie ihn?

»Darf ich fragen«, sagte er nach einer Weile steif, »wann ich diese Reise antreten soll?«

»Zu Beginn des Sommers in Khyntor. Das ist die einzige Jahreszeit, in der diese Region, in der die Leute leben, auch nur einigermaßen zugänglich ist.«

»Damit bleiben mir noch einige Monate Zeit.«

»In der Tat.«

Das alles mußte ein sehr schlechter Scherz sein. Die Vorstellung, diese verrückte Expedition in die kalte, arktische Wildnis zu unternehmen, erfüllte Harpirias mit Verzweiflung.

»Und wenn ich den Auftrag ablehnen sollte?« fragte er nach einer weiteren kurzen Pause.

»Ablehnen? Ablehnen?« Der Vroon wiederholte das Wort, als verstünde er kaum seine Bedeutung.

»Mit Reisen unter so schwierigen Bedingungen habe ich schließlich nicht die geringsten Erfahrungen.«

»Der Metamorph Korinaam wird Ihr Führer sein.«

»Natürlich«, sagte Harpirias verdrossen. »Das wird alles viel leichter machen.«

Seine mögliche Weigerung, die Mission zu übernehmen, schien vom Tisch gefegt zu sein. Harpirias vermutete, daß es keinen Zweck hatte, noch einmal die Sprache darauf zu bringen.

Aber er wußte, sein Schicksal war besiegelt, wenn er sich tatsächlich in die verschneiten Einöden der Marschen schicken ließ. Die Reise war weder kurz noch einfach, und die Verhandlungen mit diesen stolzen Barbaren würden sich wahrscheinlich so sehr in die Länge ziehen, daß man darüber rasend werden konnte. Wenn er aus den Nordlanden zurückkehrte – falls er je zurückkehren sollte –, würde er zweifellos zu viel Zeit in obskuren Teilen der Welt verbracht haben, um noch darauf hoffen zu können, je wieder seinen alten Rang an Lord Ambinoles Hof beanspruchen zu können. Die anderen jungen Männer seiner Gruppe würden bis dahin alle wirklich wichtigen Posten an sich gerissen haben. Er konnte bestenfalls darauf hoffen, den Rest seines Lebens als kleiner Beamter zu verbringen; doch viel wahrscheinlicher war, daß er während dieser absurden und gewagten Expedition ums Leben kam. Vielleicht verirrte er sich in einem gewaltigen Schneesturm, oder er wurde von diesen brutalen Bergbewohnern ermordet, wenn sie dahinterkamen, daß er gar nicht der Coronal, sondern nur ein kleiner Funktionär im diplomatischen Dienst war.

All das für einen weißen Sinileese! O Lubovine, Lubovine, was hast du mir angetan?

Doch vielleicht gab es eine Möglichkeit, aus dieser Sache herauszukommen. Der lange Winter der Marschen würde noch eine Weile anhalten, und damit blieb Harpirias vor seinem Aufbruch noch Zeit für ein paar geschickte Manöver. Vorsichtig erkundigte er sich bei einigen älteren Kollegen im Ministerium für Zusammenarbeit zwischen den Provinzen, ob es wirklich unumgänglich war, daß er diesen neuen Auftrag akzeptierte.

Gab es irgendeinen Revisionsmechanismus im Ministerium, mit dem er die Dringlichkeit seiner derzeitigen Aufgaben als Grund vorschieben konnte, die Reise in die Marschen abzulehnen? Sie musterten ihn, als spreche er irgendeine völlig fremde Sprache. Konnte er aufgrund der Gefahr für seine Gesundheit ablehnen? Sie zuckten mit den Achseln. Welche Wirkung hätte es für seine Laufbahn, wenn er den Auftrag ablehnte? Eine höchst katastrophale, erwiderten sie.

Er überlegte, ob er sich der Gnade Prinz Lubovines

unterwerfen sollte. Aber er kam zum Schluß, daß dies idiotisch wäre.

Er zog in Betracht, sich an den Coronal persönlich zu wenden. Nein, wahrscheinlich wäre es sehr unklug, dies zu versuchen: man wollte schließlich vor Lord Ambinole nicht als Person erscheinen, die vor unangenehmen Pflichten zurückschreckte. Und der Versuch, den Coronal zu übergehen und sich an den älteren Monarchen des Reichs zu wenden, den Pontifex Taghin Gawad, der tief in seinem kaiserlichen Labyrinth residierte ... nun, das wäre in der Tat Wahnsinn und obendrein völlig vergeblich.

Schließlich verfaßte er eloquente, wenn auch mutlose Briefe an seine Verwandten in hohen Stellungen am Hof; doch er ließ sie auf dem Scheibtisch und schickte sie nicht ab.

Die Wochen verstrichen. In Ni-moya, wo das Wetter immer mild und warm war, dehnte das Tageslicht sich nun bis spät in den Abend aus. Harpirias wurde trübselig klar, daß der Sommer – oder was auch immer in dieser Gegend als Sommer galt – endlich in den Khyntor-Marschen Einzug halten mußte. Die Expedition in den Norden rollte wie eine Lawine auf ihn zu, und offensichtlich gab es keine Möglichkeit, sie beiseite zu schieben.

»Sie haben Besuch«, verkündete sein Gehilfe eines Morgens.

Besuch? Besuch? Hier bekam er doch niemals Besuch. Wer ...?

»Tembidat!« rief Harpirias, als ein langbeiniger junger Mann in dem protzigen Gewand eines jungen Lords aus der Burg in sein Büro schritt. »Was machst du in Ni-moya?«

»Ich muß etwas für meine Familie regeln«, sagte Tembidat. »Nicht weit im Westen von hier haben wir Stajja-Plantagen, die in den letzten Jahren anscheinend sehr schlecht geführt worden sind. Also habe ich meinen Vater überredet, mich eine Inspektionsreise unternehmen zu lassen und die Dinge in Ordnung zu bringen. Mit einem Abstecher nach Ni-moya, um einen gewissen alten Freund zu besuchen.« Er sah sich um und schüttelte den Kopf. »Hier arbeitest du also?«

»Großartig, nicht wahr?«

»Wenn ich dir nur sagen könnte, wie leid es mir tut, daß das alles passieren mußte, Harpirias ... wie sehr ich mich bemüht habe, dich aus diesem Schlamassel herauszuholen ...« Tembidats Gesichtsausdruck hellte sich auf. »Aber jetzt ist es ja fast vorbei. Noch ein paar Wochen, und du kannst dich von diesem abscheulichen Ort verabschieden, nicht wahr, alter Knabe?«

»Du weißt von meiner neuen Mission?«

»Davon wissen? Ich habe dazu beigetragen, sie zu arrangieren!«

»Du hast *was*?«

»Oh, in erster Linie hat dein Vetter Vildimuir die Sache für dich geregelt«, sagte Tembidat und grinste breit. »Er hat als erster die Geschichte von diesen schwachsinnigen Wissenschaftlern gehört, die sich von den wilden Bergbewohnern gefangennehmen ließen, und hat sofort seinen Einfluß bei den Männern des Coronals geltend gemacht und dafür gesorgt, daß du die Rettungsmission leitest. Dann hat er mir davon erzählt, und ich habe beim Ministerium für Grenzangelegenheiten ein gutes Wort für dich eingelegt, in dem wegen dieser Sache natürlich die hellste Aufregung herrscht, wie du dir vorstellen kannst, weil es um eine neu entdeckte primitive Kultur geht, um die man sich besonders kümmern muß, und das könnte dazu führen, daß das Ministerium ein größeres Budget zugewiesen bekommt. Und mir ist es dann gelungen, keinen anderen als Inamon Ghaznavis davon zu überzeugen, daß du der absolut beste Mann bist, um dort hinaufzugehen und mit diesen Leuten zu reden. Angesichts deiner diplomatischen Erfahrungen und der Tatsache, daß du sowieso hier in Ni-moya stationiert bist und es so nur ein Katzensprung zu den Bergen der Marschen ist …«

»Augenblick mal«, unterbrach Harpirias. »Ich kann nicht glauben, was du mir da sagst. Ist es nicht schon schlimm genug, daß man mir hier diesen elenden Posten gegeben hat, der das Ende meiner Laufbahn darstellt? Seid ihr, du und Vildimuir etwa der Ansicht, es würde meine Lage verbessern, indem ihr mich in irgendeine verrückte Expedition zu einem schrecklichen, kalten Ort verwickelt, den noch nie ein zivilisierter Mensch gesehen hat?«

»Auf jeden Fall.«

»Inwiefern?«

Tembidat sah ihn an, als sei er schwer von Begriff.

»Hör mir zu, Harpirias«, sagte er. »Diese Expedition ist die einzige Chance, dich davor zu bewahren, den Rest deiner Tage über schwachsinnige Dokumente in diesem Büro herumzutragen.«

»Der Coronal, so hast du mir einmal geschworen, würde mich nach ein paar Monaten begnadigen und zum Burgberg zurückkommen lassen …«

»Hör mir zu«, wiederholte Tembidat. »Der Coronal

hat dich völlig vergessen. Glaubst du etwa, er habe nichts anderes im Kopf? Das einzige, woran er sich im Zusammenhang mit Harpirias von Muldemar erinnert, dürfte sein, daß dieser Harpirias einmal etwas getan hat, das Prinz Lubovine sehr wütend gemacht hat, und Lubovine kann eine solche Nervensäge sein, daß der Coronal ihn nicht wieder wegen deines Vergehens erzürnen will. Wann immer jemand also das Thema zur Sprache bringt, dich zum Burgberg zurückzuholen, wischt er es einfach beiseite. Und nach einer Weile wird er sich nicht einmal daran erinnern, wer du warst oder weshalb es einen Grund geben sollte, dich zur Burg zurückzurufen. Na schön. Jetzt wirst du in die Marschen geschickt, um einige Wissenschaftler vor einem Stamm wilder Barbaren zu retten. Zweifellos wird deine Reise äußerst mühsam und qualvoll werden, und du kannst dich darauf verlassen, während ihres Verlaufs ein paar große Heldentaten leisten zu müssen.«

»Zweifellos«, sagte Harpirias finster.

»Das steht völlig außer Frage. Sei mal ernst, Harpirias.«

»Ich versuche, ernst zu bleiben«, sagte Harpirias. »Es ist nicht einfach.«

Er war selbst überrascht, wie scharf und zynisch und argwöhnisch er hier in Ni-moya geworden war. Der Harpirias vom Burgberg war keineswegs so gewesen. Manchmal erkannte er sich dieser Tage selbst nicht mehr, so sehr hatte er sich verändert.

»Deine Reise wird also ein ruhmreiches, gewagtes Unternehmen sein«, fuhr Tembidat unerschrocken fort. »Du gehst in die Nordlande, schlägst dich unter äußerst ungünstigen Umständen tapfer und gut, kehrst trotz aller Gefahren sicher zurück und bringst die Geiseln mit. Aller Wahrscheinlichkeit nach wird der Coronal, der sich von Geschichten von großen Heldentaten und ruhmreichen Abenteuern, die in eine romantischere Ära zu gehören scheinen, leicht rühren läßt, alles über deine Erlebnisse hören wollen. Also wird er dich zur Burg zurückrufen, damit du deinen Bericht persönlich abliefern kannst, und Lord Ambinole wird von deinen bewegenden Erzählungen von heldenhaften Unternehmungen auf den Eisfeldern des Nordens erfreut sein, Harpirias, *schrecklich erfreut*, genauso wie von der lebhaften Schilderung der Rettung dieser brillanten Wissenschaftler, bei der du mehrfach dem Tod getrotzt hast, eine Tat, die man in den nächsten Jahrhunderten noch in Liedern und Geschichten feiern wird. Und *natürlich* wird er dich, nachdem er all das gehört hat, nicht zu einem langweiligen Schreibtischposten in Ni-moya zurückschikken.«

»Natürlich. Falls ich dieses ruhmreiche, heldenhafte Unternehmen überhaupt überlebe, heißt das. Falls ich nicht von einer Lawine zerschmettert oder von den Wilden gefressen werde.«

»Wenn du ein Held sein willst, über den Lieder und Geschichten geschrieben werden, Harpirias, mußt du ein paar Risiken eingehen. Aber es gibt nicht den geringsten Grund, warum du nicht ...«

»Begreifst du nicht, Tembidat, daß ich kein Held sein *will*, über den Lieder und Geschichten geschrieben werden? Ich will nur aus dieser schrecklichen Stadt heraus und zum Berg zurückkehren, wohin ich gehöre.«

»Nun gut. Die Reise ist die einzige Möglichkeit, dieses Ziel zu erreichen.«

»Diese Reise ist der reinste Wahnsinn«, sagte Harpirias. »Die Risiken sind überwältigend groß, und die Möglichkeit, daß ich tatsächlich einen Gewinn aus ihr ziehe, ist rein hypothetisch.«

»Da gebe ich dir recht.«

»Wie kannst du dann erwarten, daß ich bereit bin ...«

Tembidat seufzte. »Es gibt einfach keine Alternative, Harpirias. Das ist die erste und letzte Gelegenheit, die du bekommen wirst. Sieh es doch mal so: Dein vornehmer Vetter Vildimuir hat sich ziemlich weit aus dem Fenster gelehnt, um dir diesen Auftrag zu beschaffen. Er mußte in drei oder vier Ministerien die Fäden ziehen und gleichzeitig verhindern, daß mehrere andere Personen diesen Auftrag bekamen, die geradezu versessen darauf waren. Ich spreche insbesonders von unseren alten Freunden Sinnim, Granivain und Noridath. Sie waren der Ansicht, ein kleiner Ausflug in die Marschen würde tatsächlich *Spaß* machen. Erinnerst du dich noch an den Begriff Spaß, Harpirias? Fremde Orte sehen, sich den Weg durch eine gefährliche, unbekannte Region bahnen, sich mit einer wilden, kriegerischen Rasse herumschlagen. Laß dir sagen, sie waren mehr als nur bereit, diese Mission zu übernehmen, und sie waren nicht die einzigen. Unter größten Schwierigkeiten ist es Vildimuir statt dessen gelungen, dir den Auftrag zuzuschustern. Wenn du ihn jetzt in Verlegenheit bringst, indem du die Aufgabe ablehnst, kannst du darauf wetten, daß er sich nicht mehr ins Zeug legen wird, eine andere Möglichkeit zu finden, dich aus Ni-moya herauszuholen. Kannst du mir folgen? Entweder, du trittst die Reise an, Harpirias, oder du läßt dich endgültig hier nieder und lernst, die Arbeit zu mögen, die du im Augenblick tust. Das sind die beiden Möglichkeiten, die du hast.«

»Ich verstehe. Was für eine überaus schöne Lage.« Harpirias wandte sich ab, damit Tembidat nicht die Qual in seinen Augen sah. »Also ist für mich wirklich alles vorbei, nicht wahr? Und das alles, weil ich einen einzigen Schuß auf ein dummes Tier mit einem schmucken roten Geweih abgegeben habe.«

»Sei nicht so pessimistisch, alter Knabe. Was ist aus dir geworden? Wo ist dein Sinn für Abenteuer geblieben? Du unternimmst die Reise, erreichst alles, was du erreichen sollst, wirst als Held zurückkommen, und es geht weiter mir deiner Karriere. Nutze die Chance, Harpirias! Wie viele Gelegenheiten, ein solches Abenteuer zu erleben, bekommt man während seines Lebens schon? Ich würde dich gern begleiten, wäre es mir möglich.«

»Ach ja? Was hält dich davon ab?«

Tembidat errötete leicht. »Ich bin in einer komplizierten Familienangelegenheit hier, deren Klärung ein paar Monate in Anspruch nehmen wird. Andernfalls würde ich dich begleiten. Das weißt du sehr wohl. Aber das spielt keine Rolle. Lehne den Auftrag ab, wenn du willst. Ich werde Vildimuir sagen, daß du für seine Hilfe sehr dankbar bist, aber letzten Endes zum Schluß gekommen bist, daß du den schönen, ruhigen Schreibtischposten in Ni-moya vorziehst und ...«

»Sei kein Idiot, Tembidat. Natürlich werde ich reisen.«

»Wirklich?«

Harpirias brachte ein Lächeln zustande. Es kostete ihn beträchtliche Anstrengung. »Hast du im Ernst gedacht, ich würde den Auftrag nicht annehmen?«

KAPITEL 4

Der Sturm hielt Stunde um Stunde an. Nach einer Weile nahm Harpirias es als gegeben hin, daß die Welt nur noch aus Weiß bestand. Jene andere Welt, in der er einmal gelebt hatte, die Welt der Farben, der grünen Bäume und roten Blumen und blauen Flüsse und des türkisfarbenen Himmels, schien nun nur ein Traum gewesen zu sein. Wirklichkeit waren die beharrlichen Schwärme kleiner weißer Partikel, welche die unermüdlichen Windstöße endlos gegen die Windschutzscheibe des Schwebers schleuderten, und der dichte weiße Mantel, der ihn umgab, auf jeder Seite, über und unter ihm, vor und hinter ihm, und alles so stark verschwimmen ließ, daß man nichts mehr unterscheiden konnte.

Er sagte nichts. Stellte keine Fragen, gab keine Kommentare ab. Teilnahmslos saß er da, wie eine Holzfigur, während neben ihm Korinaam den Schweber mit fast arrogantem Selbstvertrauen durch den schrecklichen Sturm steuerte.

Wie lange hielten diese Wolfsommerstürme an? Wie weit war es bis zur anderen Seite des Passes? Wie viele andere Schweber folgten ihnen noch? Harpirias Kopf war bis zum Rand mit solchen Fragen gefüllt. Sie erhoben sich wie Treibgut auf den Gezeiten, hüpften einen Augenblick lang auf und ab und waren schnell wieder verschwunden. Der unverminderte Schneefall wirkte fast hypnotisch. Er lullte ihn in einen ruhigen Wachschlaf, eine angenehme Taubheit der Seele.

Allmählich ließ die Gewalt des Sturms nach. Die Luft klärte sich. Die Eispartikel schlugen nicht mehr ganz so heftig auf sie ein, und schließlich fielen nur noch ein paar Flocken gemächlich hinab. Die Wolkenmauer über ihnen bekam Risse und brach dann auf; die Sonne kam wieder zum Vorschein, goldgrün und prachtvoll. Aus dem allumfassenden pelzigen Weiß tauchten erste klar auszumachende Formen auf: die schwarzen Reißzähne der Felsklippen, die sich neben der Straße erhoben, die gequälte Steifheit einiger riesiger Bäume, die fast senkrecht aus der Seite der Gebirgswand wuchsen, die eiserne Masse der Wolken vor dem bleichen Hintergrund des Himmels. Die Verwehungen aus leuchtendem Pulverschnee schmolzen schon wieder.

Harpirias erwachte aus seiner Trance und sah, daß die Straße hier breiter war und leicht, aber stetig abwärts führte. Die Sicht vor ihnen war klar. Sie hatten den Paß zwischen den beiden Felsblöcken überwunden und fuhren auf eine offene Ebene hinab, die von spärlichem, langhalmigem Gras bewachsen war. Nackte Gerollblöcke lagen überall auf diesem breiten, schürzenförmigen Plateau, das sich weit in die graue Ferne erstreckte. Dahinter waren weitere Berge zu sehen.

Er sah sich um. Der zweite Schweber folgte ihnen praktisch auf dem Fuße, und die anderen wurden ein Stück dahinter sichtbar.

»Wie viele seht Ihr?« fragte Korinaam.

Harpirias legte die Hand an die Stirn, starrte in das grelle Sonnenlicht, das dem Schneefall gefolgt war, und zählte die Fahrzeuge, während sie aus dem letzten kurvigen Stück des Passes kamen. »Sechs … sieben … acht …«

»Gut. Dann müssen wir auf niemanden warten.«

Es erstaunte Harpirias, daß der gesamte Konvoi in diesem blendenden Sturm sicher über den gefährlichen Paß gekommen war. Doch in Ni-moya hatten ihm jeder versichert, daß seine kleine Armee aus fähigen Soldaten bestand. Es waren insgesamt etwa zwei Dutzend Waffenträger; er war der einzige Mensch. Fast alle Mitglieder seiner Expedition waren riesige, muskulöse Skandars, schwerfällige, pelzige, vierarmige Geschöpfe mit großer Kraft, die hervorragend aufeinander eingespielt waren. Ihre Vorfahren waren vor langer Zeit von einer Welt nach Majipoor gekommen, auf der Schnee und Kälte nicht ungewöhnlich gewesen sein konnten. Harpirias hatte auch ein paar Ghayrogs unter seinem Kommando, grünäugige Wesen mit geschmeidigen Schuppen, die mit ihren flinken, gespaltenen Zungen und gekrümmten, schlangenähnlichen Spiralen, die aus ihren Köpfen wuchsen, einen reptilischen Eindruck machten, obwohl sie innerlich in vielerlei Hinsicht durchaus säugetierähnlich waren.

Harpirias war der Ansicht, daß es sich um eine sehr dürftige Streitmacht handelte, zumal sie eventuell gegen einen gesamten Stamm streitlustiger Barbaren auf deren Gelände antreten mußte. Doch Korinaam hatte darauf bestanden, daß es ein schwerer Fehler war, mehr Soldaten mitzunehmen: »Die Bergpässe sind extrem schwierig. Ihr hättet große Schwierigkeiten, eine größere Truppe über sie zu führen. Außerdem würde das Bergvolk ein großes Heer nicht als diplomatische Mission, sondern als Invasionstruppe ansehen. Mit großer Sicherheit würden sie Euch aus dem Hinterhalt angreifen und von strategischen Punkten hoch über den Pässen zuschlagen. Gegen solch eine Guerillakriegsführung«, warnte der Gestaltwandler, »hättet Ihr nicht die geringste Chance.«

Nun, da er den ersten der Pässe gesehen hatte, die sie überwinden mußten, wurde Harpirias klar, daß Korinaam recht hatte. Selbst ohne die zusätzliche Komplikation eines Schneesturms wie den, den sie gerade erlebt hatten, konnten sie sich gegen einen Angriff der Bergbewohner nicht verteidigen. Am besten erweckten sie den Anschein, sie kämen in Frieden, und vertrauten auf den guten Willen der Stammesmitglieder, falls sie ihn denn haben sollten, statt den falschen Eindruck einer beträchtlichen Stärke zu erwecken, denn in Wirklichkeit war in diesen leicht zu verteidigenden Höhen jede Zurschaustellung von Stärke durch eine Armee von Fremden nicht aufrechtzuerhalten.

Die Sommersonne, die jetzt hoch und mächtig am Himmel stand, vertrieb den frisch gefallenen Schnee schnell. Weiße Verwehungen und Spitzen verwandelten sich zunächst in weichen Matsch und wurden dann zu schnell abfließenden Bächen. Gewaltige flokkige Massen, die auf hohen Felshängen lagen, lösten sich und glitten mit stummen Explosionen hinab. Tiefe Pfützen breiteten sich aus. Die Straße verwandelte sich in eine klebrige Flut, über die die Schweber mit hochmütiger Verachtung hinwegglitten, wobei sie sich zusätzlich einen dreiviertel oder einen ganzen Meter über den Boden erhoben, um keine Schlammwirbel zu erzeugen. Die Luft wurde seltsam klar und wies nun eine harte, kristalline Schärfe auf, die man in tieferen Gegenden nicht vorfand. Vögel der prachtvollsten Farben, mit flammend scharlachrotem, leuchtend grünem und strahlend dunkelblauem Gefieder kamen plötzlich in einer unfaßbaren Vielfalt hervor und flogen wie ein Schwarm schöner Insekten über ihnen. Man konnte sich kaum vorstellen, daß lediglich eine Stunde zuvor hier ein wütender Schneesturm getobt hatte.

»Schaut, dort!« sagte Korinaam. »Haigusse. Sie kommen nach dem Sturm hervor, um Jagd auf Nachzügler zu machen. Garstige Viecher sind das.«

Harpirias schaute in die Richtung, in die der ausgestreckte Arm des Metamorphen zeigte. Etwa zwanzig oder dreißig kleine, mit dichtem Fell besetzte Tiere waren aus Höhlen auf halber Höhe der felsigen Abhänge zum Tal hervorgesprungen und huschten schnell von einem Geröllblock zum nächsten, wobei sie eine erstaunliche Behendigkeit an den Tag legten. Die meisten hatten ein rötliches Fell, ein paar waren schwarz. Alle hatten große, glänzende Augen, die in einem wütenden, blutunterlaufenen Karmesinrot gefärbt waren, und jedes war mit drei langen, nadelscharfen Hörnern bewehrt, die bedrohlich in weiten Winkeln aus den breiten, flachen Stirnen hervorragten.

Sie arbeiteten als Rudel zusammen, umzingelten kleinere Tiere und scheuchten sie ins flache Land, wo sie aufgespießt und schnell verschlungen wurden.

Harpirias erschauderte. Ihr effizientes und unersättliches Vorgehen war beeindruckend und furchterregend.

»Sie würden Euch oder mich auf dieselbe Weise angreifen«, sagte Korinaam. »Acht oder zehn von ihnen können sogar einen Skandar zur Strecke bringen. Sie springen wie Flöhe an ihm hoch, stechen ihn mit den Hörnern in den Leib und schwärmen über ihn aus. Die Leute aus den Marschen jagen sie ihres Fells wegen. Hauptsächlich die schwarzen, die seltener als die roten und dementsprechend kostbarer sind.«

»Man sollte doch meinen, sie wären noch viel seltener, wenn sie die einzigen sind, die gejagt werden.«

»Ein schwarzer Haigus ist gar nicht leicht zu fangen. Sie sind auch klüger und schneller als die roten: ein in jeder Hinsicht überlegener Schlag. Nur die großen Jäger tragen Mäntel aus schwarzem Haigus. Und natürlich der König der Othinor.«

»Dann sollte ich auch schwarzen Haigus tragen«, sagte Harpirias. »Um ihm zu zeigen, wie wichtig ich bin. Zumindest eine Stola, wenn nicht sogar einen vollständigen Mantel. Ich bin bei der Jagd nämlich einigermaßen geschickt und ...«

»Überlaßt die Haigusse den Haigus-Jägern, mein Freund. Die wissen, wie sie mit ihnen umzugehen haben. Wagt Euch lieber nicht in die Nähe dieser üblen kleinen Tiere, ganz gleich, wie gut Ihr als Jäger seid. Eine viel bessere Möglichkeit, König Toikella zu zeigen, wie wichtig Ihr seid, wäre es, sich vor ihm wahrhaft königlich und erhaben zu geben – als ob Ihr ein Coronal wäret.«

»Als ob«, sagte Harpirias. »Nun ja, warum nicht? Das sollte mir gelingen. Schließlich hat es in meiner Familie schon einen Coronal gegeben.«

»Ach ja?« fragte Korinaam ohne großes Interesse.

»Prestimion. Coronal des großen Pontifex Confalume. Als er selbst Pontifex wurde, war Lord Dekkeret sein Coronal. Das war vor über tausend Jahren.«

»Ach, wirklich«, sagte Korinaam. »Meine Kenntnisse der Geschichte Eurer Rasse sind etwas verschwommen. Aber wenn das Blut eines Coronals in Euren Adern fließt ... nun, dann solltet Ihr auch imstande sein, Euch wie einer zu geben.«

»Wie einer ... vielleicht. Aber ich kann mich nicht *als* Coronal ausgeben.«

»Was meint Ihr damit?«

»Der Vroon aus dem Amt für Altertümer, der mir diesen Auftrag gab – Heptil Magloir hieß er –, deutete an, die Dinge hier oben könnten etwas leichter für mich sein, wenn ich den Othinor gegenüber behauptete, ich sei *tatsächlich* der Coronal.«

»Sieh an, sieh an.« Korinaam kicherte. »Das wäre tatsächlich gar keine so schlechte Idee. Sie erwarten nämlich den Coronal. Das wißt Ihr doch, oder?«

»Ja, das weiß ich. Aber man hat mir nicht offiziell aufgetragen, mich als Lord Ambinole auszugeben. Und ich werde dies auch auf keinen Fall tun.«

»Nicht einmal leichterer Verhandlungen willen?«

»Nicht einmal deshalb«, sagte Harpirias scharf. »Das kommt auf keinen Fall in Frage.«

»Nun dann, Prinz«, sagte Korinaam mit einem Anflug von Erheiterung oder vielleicht auch Spott in seinem Tonfall. »Dann kommt es eben nicht in Frage. Wenn Ihr es sagt.«

»Ja, ich sage es.«

Der Gestaltwandler lachte noch einmal leise vor sich hin. Harpirias war plötzlich verärgert darüber, so herablassend behandelt zu werden. Wie ähnlich sah es einem Gestaltwandler doch, dachte er, sich auf so eine Verdrehung der Tatsachen einzulassen.

Es war nun bereits einige Jahrhunderte her, daß die Piurivar – die Gestaltwandler, die Metamorphen, ein Volk mit so vielen Namen, wie sie Gesichter hatten – die volle politische Gleichberechtigung auf Majipoor erhalten hatten. Doch wie so viele junge Aristokraten auf dem Berg waren auch bei Harpirias einige Vorurteile gegen sie erhalten geblieben. Er glaubte, nicht völlig zu Unrecht, daß die Gestaltwandler verschlagen und unaufrichtig seien, eine Rasse der Ränkeschmieder, schlüpfrig und unkalkulierbar, die sich niemals ganz mit der Besitznahme ihres Planeten durch die Milliarden von Menschen und anderen Spezies abgefunden hatten, die sich vor fast fünfzehntausend Jahren auf Majipoor angesiedelt hatten. Ein Versuch der Piurivar vor Hunderten von Jahren, zur Zeit des Pontifex Valentine, alle Eindringlinge von ihrer Welt zu vertreiben, war gescheitert. Unausweichlich hatte er scheitern müssen, und zwischen den zahlenmäßig unterlegenen Gestaltwandlern und den vorherrschenden Menschen von Majipoor war zur vermeintlichen Zufriedenheit aller ein Waffenstillstand ausgehandelt worden. Aber trotzdem ... trotzdem ...

Harpirias war der Ansicht, daß man ihnen einfach nicht vertrauen konnte. Ganz gleich, wie aufrichtig und hilfsbereit sie klangen, es war niemals angeraten, irgendeine ihrer Äußerungen für bare Münze zu nehmen, denn stets lag eine verborgene Zweideutigkeit in dem, was sie sagten, eine verschlagene und verräterische Unterschwelligkeit. Und *natürlich* sah Korinaam nichts Falsches darin, daß Harpirias sich den Bergbewohnern gegenüber als Lord Ambinole ausgab. Kein Gestaltwandler – der von Natur aus fast jede körperliche Form annehmen konnte, die er annehmen wollte – hätte Probleme mit so einer unmoralischen kleinen Maskerade.

Die Karawane zog weiter, an den Höhlen der Haigusse vorbei auf das immer breiter werdende Plateau. Der Nachmittag war nun heiter und klar geworden, und sie rückten unter einem wolkenlosen, hellen Himmel voran. Von dem wütenden Schneesturm, durch den sie erst vor ein paar Stunden geflogen waren, war kaum eine Spur zurückgeblieben. Die Luft war ruhig, die Sonne stand hoch und kräftig am Himmel. Vereinzelte dunkle, feuchte Flecke, die schnell verdampften, waren die einzigen sichtbaren Zeichen der Gewalt, mit der Schnee auf sie hinabgekommen war.

In weiter Ferne erhob sich ein gewaltiger dreieckiger Felsen direkt vor ihnen wie der Zahn eines Riesen aus dem Tal und wurde von der Sonne unter dem Blau des Himmels in ein dunkles Purpur gehüllt. Steinige, scharfkonturige Hügel säumten auf beiden Seiten ihren Weg, als sie sich dem Hügel näherten. Sie waren nur mit kleineren und weit auseinanderstehenden Baumgruppen bedacht – die alles andere als anmutig wirkten in ihrer Struppigkeit – sowie mit einigen dunklen Flecken bläulichen Grases. Dann und wann machte Korinaam ihn auf Tiere aufmerksam: die imposante, von weißem Fell bedeckte Masse eines Steetmoy, der auf der Spitze eines unzugänglichen Felsens stand; eine Herde graziler Mazigotivels, die von einem Grasstreifen zum nächsten sprangen, um zu weiden; ein scharfäugiger Gebirgsfalke, der hoch über ihnen langsam und aufmerksam seine Kreise zog.

Harpirias kamen diese Marschen wie ein Ort vor, der ständig am Rand eines gewaltigen Dramas verweilte. Die Stille, der großartige Ausblick, die klare, helle Luft, die Seltsamkeit der gequälten Landschaft und ihrer wenigen Bewohner – das alles verstärkte den überwältigenden Eindruck dieses Ortes und rief schieres Staunen in ihm hervor. Trotz all seiner Wut über die Kette der Ereignisse, die ihn in diese Berge geführt hatte, bedauerte er jetzt nicht, hier zu sein, und er glaubte nicht, daß er die Pracht dieses Anblicks jemals vergessen würde.

Zu dieser Jahreszeit blieb die Sonne in diesen Breiten bis in jene Stunden hoch am Himmel, die Harpirias bereits als Nacht ansah. Da der Tag nicht zu enden schien, fragte er sich, ob Korinaam bis Mitternacht oder sogar nicht noch länger weiterreisen würde. Doch gerade, als der Hunger sich bei ihm bemerkbar machte, bat der Gestaltwandler ihn, den Befehl zu geben, nach links in eine Seitenschlucht zu biegen, die sich unmittelbar vor ihnen öffnete.

»Darin befindet sich ein Lager der Leute aus den Marschen«, erklärte Korinaam. »Sie verbringen den Sommer dort. Ihr seht doch den schwarzen Rauch, der von ihrem Lagerfeuer aufsteigt, oder? Sie werden uns Fleisch für unser Abendessen verkaufen.«

Die Bergbewohner kamen hervor, um sie zu begrüßen, lange bevor die Karawane ihr Lager erreicht hatte. Offensichtlich kannten sie Korinaam und hatten schon oft mit ihm zu tun gehabt, denn sie begrüßten ihn durchaus herzlich, und es folgte ein langer Austausch überschwenglicher Komplimente in der rauhen, bellenden Sprache der Bergbewohner, von der Harpirias nur gelegentlich ein Wort verstand.

Es war Harpirias' erste Begegnung mit den Nomaden der Marschen. Er hatte erwartet, daß sie mehr oder weniger wie wilde Tiere in menschlicher Gestalt waren. In der Tat waren sie mit grob genähten und darüber hinaus nicht sehr sauber riechenden Fellen bekleidet, und keiner von ihnen schien sich in den letzten Tagen gewaschen zu haben. Auf den ersten Blick hätte niemand sie für Bewohner Ni-moyas gehalten.

Doch eine nähere Betrachtung enthüllte, daß sie keineswegs so wild waren, wie er es sich vorgestellt hatte. In Wirklichkeit waren es robuste, kräftige, beredsame Menschen mit einem bereitwilligen Lächeln und hellen, wachsamen Augen, und eigentlich war nur sehr wenig an ihnen primitiv oder fremdartig. Wenn man ihnen einen Haarschnitt und ein Bad verpaßte und sie in saubere Stadtkleidung steckte, würden sie in einer Menge nicht weiter auffallen. Die Skandars, riesige, vierarmige Geschöpfe, die von Kopf bis Fuß mit grobem, zottigem Fell bedeckt waren, sahen viel wilder dagegen aus.

Die Bergbewohner scharten sich mit gutmütiger Aufregung um die Reisenden und boten ihnen wertlose kleine Schmuckstücke aus Knochen und grobe Ledersandalen zum Kauf an. Harpirias erstand ein paar Gegenstände als Andenken an die Reise. Einige, die verständlicher sprachen als der Rest, bombardierten ihn mit Fragen über Ni-moya und andere Orte in Zimroel; und als er ihnen sagte, daß er in Wirklichkeit vom Burgberg kam und nur kurz in Ni-moya gewohnt hatte, wurden sie noch lebhafter und fragte ihn, ob die Burg des Coronal tatsächlich vierzigtausend Zimmer habe, was für ein Mensch Lord Ambinole sei und ob

Harpirias selbst in einem großen Palast mit vielen Dienern gewohnt habe. Dann wollten sie noch Geschichten über den älteren Herrscher hören, den Pontifex Taghin Gawad, der für sie noch geheimnisvoller war, da er niemals seinen Regierungssitz im Labyrinth von Alhanroel verließ. Gab es ihn wirklich, oder war er nur eine Sagengestalt? Und wenn es ihn gab – warum hatte er nicht seinen eigenen Sohn zum Coronal ernannt, statt Ambinole, mit dem er nicht verwandt war? Aus welchen Gründen gab es überhaupt zwei Monarchen auf der Welt, einen älteren und einen jüngeren?

Ein einfaches Völkchen, ja. An ein hartes Leben gewohnt, aber nicht unvertraut mit dem Luxus der Städte. Die meisten von ihnen waren schon öfter als einmal in den zivilisierteren Gegenden Zimroels gewesen; ein paar hatten anscheinend über längere Zeit in der einen oder anderen Stadt gewohnt. Aber sie hatten die Städte abgelehnt. Darauf lief es hinaus: Sie zogen es vor, hier zu leben. So hatten sie sich nicht vollständig von der großen Welt abgesondert, in deren nördlichstem Teil sie zufällig lebten; sie mochten einfach und ungebildet sein, ja, aber sie waren alles andere als Wilde.

»Echte Wilde werdet Ihr früh genug sehen«, sagte Korinaam. »Wartet, bis wir das Land der Othinor erreichen.«

KAPITEL 5

Harpirias verzehrte an diesem Abend Spieße mit einem ihm unbekannten gegrillten Fleisch und trank einen Becher nach dem anderen von dem dünnen, scharfen grünen Bier, das ihm anfangs als weniger berauschend vorkam, als sich dann später herausstellte. Die Sonne schwebte bis tief in die Nacht über dem Rand der nahen Berge, und selbst, als sie schließlich hinter den Bergen versank, blieb der Himmel seltsam hell. Harpirias schlief in seinem Schweber, ein unsteter mühsamer Schlaf, von bruchstückhaften Träumen und langen Phasen des Wachseins unterbrochen. Er wachte mit einem sauren Geschmack im Mund und einem allzu vorhersagbaren Pochen im Kopf auf.

Am Morgen setzte die Karawane ihren Weg fort, flog weiter nördlich über das Plateau. Der Tag war klar und frisch, nicht die geringsten Anzeichen eines Schneesturms. Aber das Terrain wurde Stunde um Stunde unwirtlicher. Mit jeder Meile, die sie zurücklegten, stieg die Höhe des Plateaus schwach, aber wahrnehmbar an, so daß Harpirias, als er zurückschaute, die Straße, über die sie gekommen waren, tief unter ihnen liegen sah.

In diesem Hochland war die Luft sogar am Mittag kühl, und hier wuchsen keine Bäume mehr. Überhaupt gab es hier nur noch eine bescheidene Vegetation, nur ein paar praktisch blattlose Büsche und vereinzelt isolierte Fleckchen Gras. Die Landschaft bestand hauptsächlich aus kahlen, felsigen Hügeln, die mit alten, grauen Eiskrusten bedeckt waren, über denen die leichte Stäubung des gestrigen Schneesturms lag, die hier kaum geschmolzen war. In der Ferne schickten dann und wann die Feuer anderer Lager der Bewohner der Marschen dunkle Rauchfäden in den Himmel, doch zu weiteren Begegnungen mit den Bergbewohnern kam es vorerst nicht.

Schließlich erreichten sie den dreieckigen Berg, der sich seit dem letzten Paß vor ihnen erhoben hatte: Dies war *Elminan*, die *Standhafte Schwester.* Ihre wahre Größe wurde nun offensichtlich, denn aus der Nähe war sie eine unüberwindbare Wand, die den gesamten Himmel mit dem gigantischen Problem füllte, das sie aufwarf.

»Es führt kein Weg über diesen Berg hinweg«, sagte Korinaam. »Man kann ihn auf dieser Seite erklimmen, doch auf der anderen gibt es keinen Abstieg. Uns bleibt nichts anderes übrig, als ihn zu umfahren.«

Was sie dann taten: eine Reise von einigen Tagen, durch rauhes und zerklüftetes Gelände, das aufgrund meilenlanger, eisiger Kämme, die so hart wie Eisen waren, nur schwer passierbar war.

Dies war ein Land wilder und hungriger Tiere, die hier ungestraft umherstreifen konnten. Eines Morgens näherte sich ein Rudel von zehn oder zwölf watschelnden Geschöpfen mit gewaltigen Hinterbacken. Sie waren größer als Skandars und begannen heftig an den Schwebern zu rütteln, als wollten sie sie umkippen und dann von unten aufbrechen. Harpirias hörte, wie einer mit der Gewalt eines riesigen Hammers gegen das Dach seines Schwebers schlug. »Khulpoin«, sagte Korinaam. »Sehr unangenehm.«

Harpirias nahm seinen Energiewerfer von dessen Gestell. »Vielleicht sollte ich es mit einem Warnschuß versuchen, um sie zu verscheuchen.«

»Sinnlos. Nichts macht ihnen angst. Gebt mir die Waffe.«

Zögernd reichte Harpirias sie dem Gestaltwandler. Korinaam öffnete die Luke des Schwebers einen Spaltbreit und steckte das Rohr des Energiewerfers hindurch. Harpirias erhaschte einen Blick auf wilde, feurige Augen, sabbernde Kiefer und eine Reihe von Zähnen, die wie gelbe Sensen aussahen. Korinaam schaute ruhig am Lauf entlang und schoß. Mit einem Schmerzgeheul, das einem das Blut in den Adern gefrieren lassen konnte, sprang der Khulpoin von dem Schweber zurück, und Blut schoß in aufsehenerregenden, violetten Strömen aus einer klaffenden Wunde in seiner Schulter.

»Du hast ihn nur verwundet«, sagte Harpirias mit einiger Verachtung.

»Genau. Größtmöglicher Blutfluß, darauf kommt es an. Paßt auf, was nun geschieht.«

Der brüllende Khulpoin lief schräg an den Eisvorsprüngen entlang und biß dabei wie wahnsinnig in die Wunde in seiner Schulter. Er zog eine Spur violetten Bluts hinter sich her. Augenblicklich ließen seine Gefährten von dem Angriff auf die Karawane ab und verfolgten ihn. Sie holten ihn in hundert Metern Entfernung ein, kratzten an ihm und sprangen an ihm hoch, als er zusammenbrach. Selbst auf diese Distanz hallte ihr zufriedenes Knurren entsetzlich laut durch den Schweber.

»Jetzt überlassen wir sie ihrem Mahl«, sagte Korinaam und beschleunigte stark. Harpirias schaute nur einmal zurück und zuckte angesichts dessen, was er sah, zusammen.

Ein Tag und eine Nacht, und noch ein Tag und noch eine Nacht, und die ganze Zeit stand die purpurne *Elminan* wie eine verächtliche Wächterin vor ihnen. Dann endlich erreichten sie den westlichen Rand des Bergs und schickten sich an, ihn weiträumig zu umfahren. Dieser Übergang dauerte weitere anderthalb Tage, bis Harpirias schließlich *Elminans* nördliche Flanke erblickte, eine entsetzliche vertikale Platte, ein schier senkrechter Abfall, der auf Bodenhöhe in einem Haufen gewaltiger Felsbrocken endete. Kein Wunder, daß man nicht über den Berg, sondern nur um ihn herum reisen konnte.

Das Land dahinter war trocken wie eine Wüste und völlig karg. Als sie es durchquerten, brach von Zeit zu Zeit ohne Warnung oder sichtbare Ursache ein Blitz aus dem wolkenlosen Himmel, schlug mit der Heftigkeit des Zorns eines wütenden Gottes in den Boden ein und ließ kurz eine Flamme aufflackern. Selbst Korinaam schien sich an diesem Ort nicht wohl zu fühlen, und so ließen sie ihn so schnell wie möglich hinter sich zurück.

Nun konnte man die letzten der neun großen Berge der Marschen am Horizont sehen: Zwei von ihnen lagen im Osten, *Thail* und *Samaril*, die *Kluge Schwester* und die *Grausame Schwester*, und im Westen, so weit entfernt, daß sie nicht mehr als eine dunkle, unvollkommen ausgebildete Frucht vor dem Himmel zu sein schien, *Kantavinorka*, die *Älteste Schwester*, mit ihren drei Gipfeln. Doch der Weg, den Korinaam einschlug, führte sie geradeaus weiter, immer nach Norden, vorbei an den letzten Lagerfeuern der Marschen-Menschen, vorbei im Norden an der äußersten Zone, die erkundet worden war, tief in eine leere, von Eis umfaßte Wildnis des ewigen Winters, die so still war, als hätte man ihr einen ernsten Zauber des Schweigens auferlegt. Bei Harpirias stellte sich der Eindruck ein, daß sie zum Dach der Welt unterwegs waren.

Hatte sich in der gesamten Geschichte Majipoors schon mal jemand hierher gewagt? Ja, ja, es mußte so sein: Korinaam kannte sich eindeutig mit diesen Straßen aus und wußte, wohin er fuhr.

Nichtsdestoweniger kam Harpirias dieser Ort wie eine jungfräuliche Welt vor, unberührt, unerforscht. Die ihm vertrauten Städte Majipoors, die irgendwo weit hinter ihm in der warmen, zufriedenen Sommerbrise lagen, waren für ihn nun nicht mehr real: Sie waren jetzt Traumstädte, mythische Städte, Orte, die im fruchtbaren Kompost seiner Phantasie gesprossen waren, aber keine greifbare Existenz mehr hatten. Die unvorstellbar große Krümmung des riesigen Planeten, die sich hinter ihm schier endlos in die unbekannten Regionen des Südpols zu erstrecken schienen, hatte keine Bedeutung mehr. Nur dies war echt, dieses bittere Land des Schnees und Nebels und der schimmernden Felswände. Würde die Reise niemals enden? Nein, nein, nein: Bei ihm stellte sich die Überzeugung ein, es sei sein Schicksal, ewig weiterzuziehen, immer tiefer in die öden und sterilen Geheimnisse, unablässig geführt von diesem ernsten, rätselhaften Gestaltwandler auf einer Reise zum Ende der Zeit und des Raums.

Doch Reisen enden, sogar diese.

Eines Morgens deutete Korinaam auf eine dunkle Linie, die sich vom Osten zum Westen über den Horizont zog. Es schien sich dabei um eine nicht durchbrochene, vertikale Steinwand von hundertfacher Manneshöhe zu handeln, die jede Hoffnung auf ein Weiterkommen zunichte machte.

»Das Reich der Othinor«, sagte er.

Harpirias schaute sich verwirrt um. »Wo?«

»Hinter dieser Bergkette.«

»Aber es führt doch kein Weg hindurch!«

»O doch, Prinz«, sagte Korinaam. »Ein Weg. Nur einer.«

Es war eine keilförmige Öffnung in der Felswand, lediglich ein Spalt, der kaum breiter als die Schweber selbst war. Korinaam brauchte zwei Tage, um ihn zu finden, und es gab Augenblicke, da Harpirias überzeugt war, der Metamorph habe überhaupt keine Ahnung, wo er suchen müsse. Doch dann tauchte der schmale Durchgang plötzlich vor ihnen auf. Korinaam hielt den Schweber an, öffnete die Luke und bedeutete Harpirias, er solle aussteigen.

»Wir müssen zu Fuß weiter«, sagte der Gestaltwandler zu ihm. »Es gibt keine andere Möglichkeit. Kommt; folgt mir.«

Harpirias ließ die Schweber nicht gerne zurück; doch offensichtlich blieb ihm keine Wahl. Die Fahrzeuge würden nie durch diese kleine Bresche im Fels passen. Er ließ seine Leute in einer Doppelkolonne antreten – die größten und am wildesten aussehenden Skandars postierte er vorn –, übernahm seine Position an der Spitze des Zugs, beorderte Korinaam zu sich und marschierte weiter in das Reich der Othinor.

Er fand sich in einer geheimen Welt von außergewöhnlicher Schönheit und Fremdartigkeit wieder.

Die undeutlich sichtbare, schneebedeckte Palisade von Bergen, die diesen Ort vor der Aufmerksamkeit Fremder verbarg, verlief von rechts nach links und schwang sich dann nach innen, als wolle sie sich irgendwo nicht allzuweit im Norden mit sich selbst vereinigen. Auf diese Weise schuf sie eine tiefe Schlucht, wie eine elliptische Tasche etwa, die völlig von hohen Wänden aus schwarzem Stein umschlossen und abgeschirmt wurde. Darin lag ein flaches, glänzendes Schneefeld, das unter der Mittagssonne hell strahlte. Am anderen Ende dieses breiten Runds, an den Fuß der Felswand gedrängt, lag eine leuchtende Stadt, die völlig aus Eis bestand: robuste Gebäude von zwei und sogar drei Stockwerken Höhe, geschaffen aus quadratisch behauenen Gesteinsblöcken, die mit beeindrukkender Präzision aufeinandergelegt und protzig mit einer bizarren, komplizierten Anordnung aus hübschen Türmchen und Zinnen aus Eis geschmückt waren. Von Myriaden eckiger Oberflächen wurden abertausendfach die funkelnden Sonnenstrahlen reflektiert, als hätte man dort eine Handvoll Diamanten in die Luft geworfen.

In diesen abgeschirmten Ort, so berechnete Harpirias, konnte die Sonne nur im Hochsommer und dann nur für ein paar Stunden täglich eindringen. Der steile Winkel, in dem die Wand der Schlucht sich erhob, hielt den gesamten Rest des Jahres über das Dorf der Othinor wahrscheinlich im Schatten: ein klaustrophischer Ort der Dunkelheit und Geheimnisse – kalt und grimmig. Im Augenblick aber war er von einfach strahlender Schönheit.

Als Harpirias vor Staunen wie vom Schlag getroffen dieses unheimliche, kleine, vom Frost beherrschte Reich des Hochlands betrachtete, tauchten Gestalten aus der Stadt aus Eis auf und liefen über die offene Fläche auf sie zu.

»Die Othinor«, sagte Korinaam. »Bleibt ruhig, macht keine bedrohlichen Gesten.«

Sie sahen aus wie Dämonen. Der Name *Othinor,* so hatte Korinaam ihm erklärt, bedeutete in der Sprache der Einheimischen entweder Die *Verborgenen* oder Die *Heiligen*: die genaue Übersetzung war noch unklar. Doch da war nichts Heiliges an den Wesen, die auf sie zustürmten. Es waren vielleicht zwanzig, eine Gruppe schnaubender, haariger, ungehobelt aussehender Männer, die mit willkürlich zusammengenähten Häuten oder Fellen bekleidet waren. Ihre Gesichter und Arme waren mit gezackten Steifen in grellen Farben bemalt. Obwohl sie nur mit Speeren und groben Schwertern bewaffnet waren, schienen sie bereit, ja sogar versessen darauf zu sein, gegen die Neuankömmlinge in die Offensive zu gehen.

Harpirias schaute über die Schulter zurück und sah, daß einige seiner Skandars sich unbehaglich bewegten. Er hörte das Klicken, mit dem Energiewerfer in Bereitschaft versetzt wurden.

»Keine Waffen«, sagte er scharf. »Bleibt ganz ruhig stehen und unternehmt nichts, bis wir tatsächlich angegriffen werden.«

Es war sehr schwierig, diese scheckige Horde heulender Teufel, die auf sie zugestürmt kam, unbeeindruckt zu betrachten. Harpirias warf Korinaam einen unsicheren Blick zu, doch der lächelte nur und sagte: »Sie werden uns nichts tun. Sie wissen, wer ich bin und daß ich mit guten Nachrichten zu ihnen zurückgekehrt bin.«

»Hoffentlich hast du recht«, murmelte Harpirias.

»Streckt beide Arme aus und haltet die Handflächen nach oben. Das ist ein Zeichen unserer friedlichen Absichten. Schaut so würdevoll und königlich drein, wie Ihr könnt, und sagt kein Wort.«

Harpirias tat wie geheißen, kam sich dabei aber mehr als nur etwas töricht vor. Nach einem Augenblick hatten die Othinor sie erreicht und umzingelt. In einer fast komischen Darstellung barbarischer Kraft tanzten sie und machten Luftsprünge, schrien, strekken die Zungen heraus und schwenkten mit theatralischem Eifer die Schwerter und Speere vor ihren Gesichtern.

Vielleicht ist es nur das, dachte Harpirias: eine Zurschaustellung, ein bühnenreif inszenierter Ausdruck ihrer Macht. Ihre unbedeutende Weise, Fremden zu zeigen, daß sie ein Volk sind, mit dem man sich besser nicht anlegt.

Nun ergriff Korinaam das Wort. Er sprach laut, langsam und deutlich, stieß schroffe, schwerfällige Worte aus, die wie bloßes Kauderwelsch klangen, wenngleich zwei oder drei davon fast vertraut klangen. Einer der Othinor, ein großer Mann mit hagerem Gesicht, der sorgfältiger gekleidet und bemalt als die anderen war, antwortete ihm, wobei er viel schneller sprach. Und nach einer Pause antwortete Korinaam und wiederholte anscheinend seine vorherige Erklärung. So ging es ein paar Minuten lang, ein verwirrendes Palaver nach dem anderen.

Die Sprache dieses Volkes, so erkannte Harpirias nun allmählich, war weit entfernt verwandt mit der Sprache, die überall auf Majipoor gesprochen wurde. Wie der Dialekt, den die Marschen-Menschen sprachen, war er eine umgewandelte und verzerrte Form, die einem Stadtbewohner kaum verständ lich war. Doch die Abweichungen waren in dieser fernen nördlichen Region noch stärker ausgeprägt. Die Sprache der Marschen-Menschen war im Prinzip ein grober, abgeschliffener Dialekt des normalen Majipoori; die seltsame Mundart, die hier gesprochen wurde, aber hatte sich während der Jahrtausende der Isolation entwickelt und schien praktisch zu einer völlig anderen Sprache geworden zu sein. Wie gut, fragte Harpirias sich, verstand Korinaam sie?

Offensichtlich gut genug. Die Othinor hatten ihre grotesken Kapriolen beendet und standen ruhig in einem Kreis um sie herum. Derjenige, der Korinaam ursprünglich geantwortet hatte – war er der König? Nein, wahrscheinlich nur ein Priester, überlegte Harpirias –, sprach noch immer mit ihm, aber auf nicht so formelle, eher beiläufige Art und Weise. Einige der anderen, die Harpirias' Skandars und Ghayrogs mit unverhohlener Faszination über den Anblick dieser fremdartigen Wesen betrachtet hatten, wagten sich nun heran, um sie aus der Nähe genauer zu inspizieren.

Ein Othinor legte behutsam die Fingerspitzen auf die glatten, steifen Schuppen von Mizguun Troyzt, dem Schwebertechniker vom Volk der Ghayrogs, und rieb sie leicht. Obwohl Mizguun Troyzts kalte Augen nicht einmal blinzelten und ausdruckslos blieben, krümmte sein Haar sich in nachdrücklicher Verärgerung. Er trat fünf oder zehn Zentimeter zurück, doch der Othinor griff erneut nach ihm.

»Ich will nicht so berührt werden«, sagte der Ghayrog zwischen zusammengebissenen Kiefern zu Harpirias.

»Ich auch nicht«, sagte Eskenazo Marabaud, der Hauptmann der Skandars. Ein Othinor hatte sich auf die Zehenspitzen erhoben und hinaufgegriffen, um an dem dichten rötlichen Haar zu zerren, das den großen Brustkorb des Skandars bedeckte, und zog nun an den tieferen der beiden Armpaare Eskenazo Marabauds, als wolle er herausfinden, ob sie wirklich an seinem Körper befestigt waren.

Harpirias kämpfte gegen ein Gelächter an. Doch nun zogen und zerrten alle Othinor an den Skandars und Ghayrogs, und ihm wurde klar, daß es jeden Augenblick einen Zwischenfall geben würde. »Sorge lieber dafür, daß das aufhört«, sagte er zu Korinaam.

»Ich kann nichts daran ändern«, sagte der Gestaltwandler. »Es ist ihre natürliche Neugier. Eure Männer werden sich daran gewöhnen müssen.«

»Und wie lange soll ich mit gespreizten Armen hier stehenbleiben?«

»Ihr könnt sie jetzt herunternehmen. Wir wurden offiziell in das Dorf eingelassen. Der Priester hier hat mir gesagt, daß König Toikella sich sehr darauf freut, Eure Bekanntschaft zu machen. Also kommt nun zum königlichen Palast mit, Prinz.«

KAPITEL 6

Beim Palast des Monarchen der Othinor handelte es sich, wie vorauszusehen war, um das größte der Gebäude des Dorfes, ein dreistöckiges Gebilde am äußersten östlichen Ende, dessen glatte weiße Fassade von oben bis unten mit einem Schnörkelwerk phantastischer Eisschnitzereien der kompliziertesten Art geschmückt war. Es stellte sich jedoch heraus, daß das Innere aus einem einzigen, enorm hohen und breiten Raum ohne tragende Säulen bestand. Diese Bauweise, dachte Harpirias, mußte die Zugfestigkeit der Eisblöcke, aus dem der Palast geschnitzt war, bis an die äußerste Grenze beanspruchen.

Die große Halle war dunkel, verräuchert und naßkalt. Die einzige Beleuchtung stammte von einem großen, mit Leder verkleideten Behälter, der in eine tiefe Grube genau in der Mitte des Raums eingelassen war und ein dunkles Öl einer unbekannten Sorte enthielt, das langsam und mit einem bläulichen, flackernden Glühen verbrannte. Dahinter saß König Toikella hoch auf einem beeindruckenden, plattformähnlichen Thron, der aus Dutzenden riesiger Knochen bestand, ein ganzes Beinhaus von Knochen, die straff und elegant miteinander verkeilt und verkantet waren – Oberschenkelknochen, Rippen, gewaltige gebogene Stoßzähne, Schulterblätter, Kieferknochen – ein Ehrfurcht gebietender königlicher Sitz, der ausschließlich aus Körperteilen der schrecklichen Ungeheuer bestand, die dieses eisige Land durchstreiften.

Der König selbst war eines solchen Throns durchaus würdig: ein riesiger Mann mit Schmerbauch, völlig kahl, eindrucksvoll häßlich und nackt bis auf ein Lederband um seine Hüften und eine Schnur mit daran aufgereihten Knochen und langen, geblichen Zähnen auf seiner Brust. Sein Gesicht, der Rücken und die Schultern waren mit hellen Farbstreifen bemalt. In der linken Hand hielt er ein großes, dickes Stück blutigen, fettigen Fleisches, das auf einer Seite verkohlt, ansonsten aber praktisch roh war. An dem nagte er, als Harpirias und Korinaam eintraten. Eine Schar halbnackter Frauen, die meisten davon so fett und häßlich wie er selbst, rekelten sich am Fuß des Throns. Seine Frauen? Konkubinen? Oder gar königlichen Prinzessinnen?

Der Gestaltwandler trat vor, nahm eine anscheinend unterwürfige Haltung an – die Arme gehoben, die Handflächen nach vorn zeigend – und begrüßte den König mit einer langen und langsam gesprochenen Rede, die für Harpirias fast völlig unverständlich war. Als Korinaam geendet hatte, schwieg der König eine Zeitlang. Er biß einen großen Brocken Fleisch ab und kaute nachdenklich darauf herum. Derweil betrachtete er Harpirias vorsichtig. Dann erhob er sich – langsam, ernst – zu seiner vollen majestätischen Größe und hielt, während das Fleisch noch in seinem Mund war, eine lange Rede mit der tiefsten Stimme, die Harpirias je aus einer menschlichen Kehle vernommen hatte. Sie ähnelte eher dem polternden Knurren eines Skandars als einer menschlichen Stimme.

Als er fertig war, riß er einen herabhängenden Fleischbrocken von der Keule in seiner Hand und warf ihn zu Harpirias hinab, der ihn mit gelinder Überraschung auffing.

»Der König heißt Euch willkommen«, murmelte Korinaam.

»Sag ihm, daß ich ihm für seine Freundlichkeit danke.«

»Noch nicht. Eßt zuerst, was er Euch gegeben hat.«

»Ist das dein Ernst?«

»Mein völliger Ernst. Eßt es, Prinz.«

Harpirias betrachtete das Fleisch unglücklich. Ein scharfer, beißender, nicht gerade verlockender Geruch stieg von ihm empor. Nur eine Ecke schien überhaupt gebraten zu sein. Der Rest war hellrot, abgesehen von der dicken, knorpeligen Fettader, die durch die Mitte des Brockens verlief. Er drehte den üppigen Klumpen um und suchte ihn argwöhnisch nach Maden ab.

»Eßt«, sagte der Metamorph erneut. »Fleisch vom Anteil des Königs darf nicht zurückgewiesen werden.«

»Aha«, sagte Harpirias. »Ja. Ja, natürlich.«

Allmählich kam ihm das alles unwirklich vor. Das zivilisierte, ruhige Majipoor schien sehr weit entfernt zu sein. Es hätte ihn genauso gut in ein seltsames, neues Universum verschlagen haben können, oder in eine besonders lebhafte Halluzination. Vielleicht schlief er auch, und es war einfach eine dunkle Nachricht vom König der Träume. Aber falls dies ein Traum war, sah er keine Möglichkeit, daraus zu erwachen.

Harpirias mahnte sich, daß es Schlimmeres gab, als halbrohes Fleisch zu essen, und daß ein Diplomat sich gelegentlich den Gebräuchen seines Gastgebers anpassen mußte. Er nahm einen Bissen. Das Fleisch war nicht halb so schlecht, wie es aussah. Bei Jagdausflügen in den Wäldern des Burgbergs hatte er schon weit schlechtere Kost zu sich genommen. Der zweite Bissen war nicht so angenehm: Er war auf das Fett gestoßen und mußte gegen einen Brechreiz ankämpfen. Aber er erholte sich und biß erneut in das Fleisch. König Toikella beobachtete ihn interessiert.

»Jetzt danke ihm in meinem Namen«, sagte Harpirias zu dem Gestaltwandler.

»Ihr habt noch nicht aufgegessen.«

»Er auch nicht. Wir können essen, während wir verhandeln.«

»Prinz, ich glaube ...«

»Danke ihm«, sagte Harpirias. »Sofort.«

Korinaam nickte kurz. Er drehte sich zum Thron um begann mit einer lauten, blumig klingenden Rede. Der König hörte mit offensichtlichem Vergnügen zu, nickte nach einer Weile nachdrücklich und setzte seinerseits zu einer langen Erwiderung an, bei der Harpirias immer wieder im Schwall der gutturalen Sprache der Bergbewohner die Worte *Coronal* und *Lord Ambinole* vernahm. Dann wurde Harpirias klar, daß der König ihn stets direkt betrachtete, wenn er diese Worte aussprach.

Ein häßlicher Verdacht stieg in ihm empor.

»Augenblick mal«, sagte er wütend zu Korinaam, als der König am Ende seiner Antwort angelangt zu sein schien. »Was hast du getan? Du hast ihm doch nicht gesagt, ich sei der Coronal, oder? Du weißt, ich habe dir befohlen, das nicht zu tun.«

Der Gestaltwandler machte eine entschuldigende Geste. »In der Tat. Ich habe es auch nicht getan. Aber ich fürchte, er ist von sich aus zu dieser Schlußfolgerung gelangt, Prinz.«

»Nun, dann kläre ihn auf. Sofort. Ich werde nicht unter einem falschen Vorwand vorgehen.«

Korinaam schaute besorgt drein. Einen Augenblick lang wallte und kräuselte seine Gestalt sich an den Rändern ein wenig, bei Gestaltwandlern stets ein Zeichen für akute Beunruhigung. »Das ist nicht der richtige Augenblick, ihm so etwas zu sagen. Es würde ihn nur verwirren und vielleicht sogar erzürnen, und das ausgerechnet jetzt, nachdem alles so gut angefangen hat. Wir werden später genügend Gelegenheiten bekommen, die Sache richtigzustellen.«

»*Sofort*, habe ich gesagt. Nicht später. Er muß begreifen, daß er einem Irrtum erlegen ist, daß ich nicht der Coronal bin, sondern nur dessen Gesandter. Das ist ein Befehl, Korinaam. Ich möchte, daß du ihm klar machst, daß ...«

Aber König Toikella hatte wieder zu sprechen angefangen. Der Metamorph bedeutete Harpirias dringlich, er solle still sein, und Harpirias gehorchte. In seiner Verärgerung biß er ein weiteres Stück von dem Fleisch ab, ohne es überhaupt zu bemerken.

Harpirias begriff verdrossen, daß er völlig in der Gewalt des Gestaltwandlers war. Da er selbst verbal nicht mit König Toikella kommunizieren konnte, mußte er sich darauf verlassen, daß der Metamorph ihre Gespräche korrekt übersetzte. Korinaam konnte dem König alles sagen, was er für richtig hielt, und Harpirias würde nie erfahren, ob der Gestaltwandler ihm auch die Wahrheit gesagt hatte. Das könnte zu einem Problem werden. Oder war bereits zu einem geworden.

Toikella war wieder verstummt und wartete.

Der Gestaltwandler warf Harpirias einen Blick zu. »Der König erklärt, er sei erfreut, daß Ihr gekommen seid.«

»Schön. Frage ihn bitte, ob die Geiseln bei guter Gesundheit sind.«

»Erneut, Prinz, muß ich um Eure Nachsicht bitten. Auch der Zeitpunkt, diese Frage zu stellen, ist noch nicht gekommen.«

Ein weiterer heißer Blitz der Wut fuhr durch Harpirias. »Bin ich der Gesandte, oder bist du es, Korinaam?«

»Daran besteht doch nicht der geringste Zweifel, Prinz«, sagte der Gestaltwandler mit einer weitausholenden Geste der Unterwerfung.

»Aber trotzdem scheinst du die letzten Entscheidungen darüber zu treffen, was ich sagen darf. In diesem Fall muß ich darauf bestehen. Ich muß unbedingt erfahren, in welchen Zustand die Geiseln sich ...«

»Wir müssen davon ausgehen, daß die Geiseln sich in einem ausgezeichneten Zustand befinden, Prinz«, sagte Korinaam sanft. »Aber es wäre unangemessen und verfrüht, sich schon jetzt nach ihnen zu erkundigen. Schlimmer noch: Es wäre unhöflich.«

»Unhöflich? Dieser nackte Barbar sitzt da oben auf einem Thron aus Knochen, ißt eine praktisch rohe Fleischkeule und zwingt mich, dasselbe zu tun, und du sagst mir, daß wir uns bemühen müssen, *höflich* zu ihm zu sein?«

»Höflichkeit ist in solchen Angelegenheiten stets nützlich«, sagte Korinaam und bedachte Harpirias mit einem salbungsvollen Lächeln. »Ebenso Geduld. Ich bitte Euch, Prinz, nehmt meinen Rat ernst. Ich weiß, wie diese Menschen sind. Ihr wißt es nicht.«

Das stimmte allerdings, dachte Harpirias.

Und es war sowieso nicht möglich, das Gespräch mit dem König im Augenblick fortzusetzen, denn Toikella war von seinem Thron hinabgestiegen und bellte mehreren Mitgliedern seines Hofes mit einer erstaunlich donnernden Stimme Befehle zu.

»Was sagt er?« fragte Harpirias den Metamorphen.

»Daß man uns unsere Quartiere zeigen soll, damit wir uns nach unserer langen und anstrengenden Reise ein paar Stunden ausruhen können. Heute abend wird zu unseren Ehren ein großes Fest gegeben. Die Gastfreundschaft der Othinor von ihrer besten Seite.«

»Das kann ich mir vorstellen«, murmelte Harpirias unglücklich.

Was ihre Quartiere betraf, so ließ der König der Othinor ihnen etwa ein Dutzend Kammern in einem niedrigen, weitläufigen Eishaus genau am anderen Ende des Dörfleins zuweisen. Harpirias' Skandars mußten sich zu dritt oder viert einen Raum teilen, so eng dies für die stämmigen Geschöpfe auch werden mochte. Seine vier Ghayrogs, die gern unter sich blieben, nahmen zwei Räume; und Harpirias und Korinaam kamen in den Luxus von Privatgemächern.

Der Raum, den man Harpirias gegeben hatte, war eine quadratische, kastenförmige, fensterlose Zelle, die lediglich von kleinen, trüben Lampen erhellt wurde und aus geschnitzten Knochen bestanden. In ihnen brannte das gleiche dicke, dunkle, stark riechende Öl, das auch Toikellas Thronraum erhellte. Die

Luft darin war trotz der brennenden Lampen so ruhig und stehend, daß der Verschlag fast gar keine Luft zu enthalten schien. Und es war kalt – *eiskalt*. Er kam sich vor, als sollte er in einem Kühlraum wohnen, in dem Lebensmittel gelagert wurden. Selbst im Raum kondensierte sein Atem zu dampfenden Wolken vor seinem Gesicht. Alles bestand aus Eis, das gesamte Gebäude war aus schweren Klötzen dieses Materials geschaffen – der Boden, die Wände, die Decke, einfach alles. Es gab keine Möbel, nur ein Stapel Felle auf dem Boden, der als Bett diente.

»Wird dies zufriedenstellend sein, Prinz?« fragte Korinaam ihn, als er stirnrunzelnd auf der Schwelle stand.

»Und wenn ich nein sage?«

»Werdet Ihr den König in große Verlegenheit bringen.«

»Was ich natürlich nicht möchte«, sagte Harpirias. »Und das ist immerhin besser, als draußen schlafen zu müssen.« Wenn auch nicht viel besser, fügte er in Gedanken hinzu.

»Allerdings«, erwiderte der Gestaltwandler mit ernstem Tonfall und überließ ihn der kurzen Ruhe, die er inmitten des Stapels der dicken, kratzigen Felle finden mochte.

Das Fest an diesem Abend fand in der großen, hohen Halle statt, die den königlichen Palast darstellte. Sie hatten schwere Decken, die aus weißen, aneinandergenähten Steetmoy-Fellen bestanden, über einen Großteil des Bodens ausgebreitet – luxuriöse, makellose Decken, die zweifellos nur zu ganz besonderen Gelegenheiten hervorgeholt wurden. Massive Tische aus breiten, grob behauenen Brettern, die auf kräftigen Böcken standen, welche aus ähnlich großen Knochen gefertigt waren, wie es auch bei dem königlichen Thron der Fall war, waren mit allen möglichen Tellern, Terrinen, Schüsseln und Näpfen bedeckt, die bis zu den Rändern mit Nahrungsmitteln gefüllt waren. Ein Dutzend schlanke Fackeln, die aus in die Wände eingelassenen Knochengestellen hervorragten, spendeten ein rauchiges, unstetes Licht.

Vor dem Essen wurde getanzt. Der König, der hoch über allen anderen auf der Plattform saß, die sein Thron darstellte, erhob sich und klatschte in die Hände, und ein Dutzend Musiker spielten auf groben, fremdartigen Instrumenten, Trommeln, Flöten, Glokken und seltsam aussehenden Streichinstrumenten, die einen mißtönenden, kreischenden, vielrhythmischen Katzenlärm von einer solch unvorstellbaren Lautstärke anstimmten, daß Harpirias befürchtete, die Mauern des Palastes würden einstürzen.

Die Angehörigen des königlichen Harems tanzten zuerst, eine Schar rundlicher, barbusiger Frauen in Lendenschürzen und Mokassins aus schwarzem Fell bildeten eine Linie und sprangen wild herum, warfen die Beine hoch und wirbelten mit einer berserkerhaft verrückten Unbeholfenheit mit den Armen, die sowohl komisch als auch liebenswert wirkte. Harpirias mußte sich bemühen, nicht lauthals loszulachen. Doch dann wurde ihm klar, daß der Tanz komisch wirken *sollte*: Die Tänzerinnen lachten glucksend, wenn sie ihre Kapriolen machten und zusammenstießen, und vergnügte Schreie der Zuschauer erfüllten den Raum, wobei das mächtige Gebrüll des Königs das aller anderen übertönte.

Dann trat Toikella vom Thron und drängte sich in

die Formation der Tänzerinnen. Er war eine furchteinflößende Gestalt, anderthalbmal so groß wie die größte der Frauen, und sein glänzender, rasierter Kopf erhob sich wie eine Gebirgskuppel über sie. Seine monumentale Brust war nackt, wie sie es auch zuvor gewesen war, doch nun hatte er einen Umhang aus schwarzem Haigusfell angelegt, der an seinem Hals befestigt war und an seinem Rücken herunterbaumelte. Die Haigusse waren mit Hörnern und allem zusammengenäht worden: wütende rote Augen leuchteten aus den Fellen, und eine dreifache Reihe nadelscharfer Zähne ragten bedrohlich unter den muskulösen Schultern des Königs hervor.

»Eyya!« dröhnte er. »Halga! Shifta skepta gartha *blin*!«

Er bewegte sich zwischen den Frauen, stampfte mit den Füßen, riß die Arme hoch, bellte und heulte. Die Frauen wirbelten um ihn herum, wirkten nicht mehr komisch, sondern unheimlich betörend, als sie sein urzeitliches Stampfen und Ausschlagen mit heftigen, wilden Schritten nachahmten. Es war ein erstaunlicher Anblick, lächerlich, aber gleichzeitig furchterregend. Harpirias hatte so etwas noch nie gesehen.

Und nun schien der König ihn zu locken, beugte sich in der Hüfte vor, sah ihn geradeheraus an, krümmte den Finger und winkte ihn damit herbei.

Konnte es sein? Waren diese Gesten eine Aufforderung?

Ja, sie waren es. Harpirias schaute fragend Korinaam an, und der Gestaltwandler nickte. »Er lädt Euch ein, mit ihm zu tanzen«, sagte der Metamorph. »Es ist eine große Ehre. Es bedeutet, daß er Euch fast als Gleichberechtigten ansieht.«

»Fast als Gleichberechtigten. Genau.«

»Ihr solltet tanzen.«

»Zweifellos sollte ich das. Ja. Ja, natürlich werde ich tanzen.«

Harpirias zögerte nur einen Augenblick lang, betrachtete die Schritte mit größerer Sorgfalt, sog die fremden, unharmonischen Rhythmen in sich auf. Dann trat er in die Mitte der Halle.

Die Frauen glitten in den Schatten zurück. Er war allein mit dem König, der ihn wie ein Titan überragte.

Schweiß rann in Strömen Toikellas nackten, glänzenden Körper hinab. Er grinste überaus amüsiert – Harpirias stellte zum erstenmal fest, daß leuchtende Edelsteine, ein Smaragd, ein Rubin und ein dritter von einem dunkleren Farbton in seine Schneidezähne eingelassen waren – und klatschte dreimal in die Hände. Es war anscheinend ein Signal für die Musiker, die mit ihrem wahnsinnigen Klagen, Tuten, Hämmern und Kreischen aufhörten und eine ganz andere Melodie anstimmten, eine, die langsam und sinnlich war, eine dunkle, stille, gewundene Weise, die eindringlich und seltsam war.

Der König krümmte die Schultern, spreizte die Finger und legte die Fingerspitzen auf seltsame Art und Weise aneinander. Nun bewegte er sich mit unwahrscheinlicher Anmut in einem weiten Kreis um Harpirias und trat nur noch ganz leicht, fast fließend auf. Es hätte der Tanz eines Jägers sein können, der sich an sein Opfer pirscht.

Harpirias, der keine Ahnung hatte, welche Schritte er nun machen sollte, blieb einen Augenblick lang ruhig stehen und beobachtete Toikella so verwirrt wie jemand, der gleich in eine Trance fallen würde. Doch dann bewegte auch er sich, fast ohne eigenen Entschluß: Zuerst krümmte er die Finger, dann hob und senkte er langsam die Schultern, und schließlich ahmte er das anspruchsvolle Tänzeln des Königs auf den Zehenspitzen nach, während er seinem eigenen kreisrunden Weg folgte und sich in die entgegengesetzte Richtung bewegte, die Toikella eingeschlagen hatte.

Lange Augenblicke schlichen sie umeinander herum, bewegten sich unablässig im Kreis, der riesige, muskulöse Mann und der kleinere, kompaktere, während die Geschwindigkeit und Lautstärke der Musik allmählich zunahm. Schon bald näherte sie sich der wilden Intensität des Tanzes des Frauen. Harpirias bewegte sich dementsprechend schneller, und der noch immer grinsende Toikella tat es ihm gleich. Harpirias lachte. Nun war es nicht mehr möglich, die frühere Feinheit der Schritte einzuhalten. Er sprang; er hüpfte; er trampelte mit den Füßen und klatschte in die Hände.

»Eyya!« rief der König. »Halga!«

»Eyya!« echote Harpirias. »Halga!«

»Shifta skepta gartha *blin*!«

»Shifta skepta!«

»Gartha blin!«

»Shifta skepta gartha *blin*!«

Harpirias warf den Kopf zurück, riß die Hände hoch, zog zuerst das eine und dann das andere Knie bis fast an die Brust hoch. Er heulte und brüllte. Er stampfte und klatschte in die Hände. Und nun sah er, daß auch andere die Tanzfläche betraten, zuerst einige der Frauen und dann der Mann mit dem sorgfältig gearbeiteten Umhang und dem bemalten Gesicht, der am Eingang des Tals mit Korinaam gesprochen hatte, und nach ihm andere, ebenfalls grell bemalte Männer – vielleicht die besten Krieger des Stammes. Selbst ein paar der Skandars nahmen an dem Tanz teil, aber keiner der Ghayrogs, und auch Korinaam wagte sich nicht vor. Scheinbar stundenlang kreisten sie wie eine Gruppe mondsüchtiger Verrückter durch den Raum, bis die Musik abrupt mitten in einer Melodie endete, als wären alle Musiker im selben Augenblick umgekommen. Die einzigen Geräusche im Raum waren nun nur noch die des Gelächters und schweren Atems.

Der König, der neben Harpirias stand, als die Musik endete, drehte sich zu ihm um. In den Augen des großen Mannes lag ein Ausdruck völligen Entzückens. Er reichte ihm seine übergroße Pranke, zog Harpirias zu sich heran und schien ihn in einer Umarmung zerquetschen zu wollen. Einen anscheinend endlosen Augenblick lang hielt Toikella ihn fest. Die königlichen Ausdünstungen waren überwältigend; eine stinkende Mischung aus Schweiß, tierischem Fett, dick aufgetragenen Pigmenten und schrecklichen Parfums.

Dann gab Toikella ihn frei, grinste erneut und schlug sich mit der Handfläche auf die Stirn; dabei schien es sich um irgendeinen Gruß zu handeln. Harpirias grinste ebenfalls und erwiderte die Geste. Der Tanz hatte ihn erheitert. Nach all diesen langen, verdrossenen Monaten des Exils kam er sich fast wieder wie er selbst vor. Zu seiner Überraschung fühlte er sich von Toikella, der ein liebenswürdiger, überaus energischer alter Tyrann zu sein schien, seltsam angezogen. Anscheinend mochte Toikella auch ihn gut leiden.

Ja, dachte Harpirias, wir werden die besten Freunde sein, er und ich. Wir werden bis spät in den Abend zusammensitzen und trinken, was immer man hier an diesem Ort trinkt, und wir werden einander unsere Lebensgeschichten erzählen. Ja, Freunde. Busenfreunde.

Endlich war es an der Zeit für das Mahl.

Der König bediente Harpirias eigenhändig; offensichtlich eine große Ehre, aber in gewisser Hinsicht auch eine zweifelhafte, da die diplomatische Höflichkeit nun verlangte, daß Harpirias alles aß, was Toikella für ihn auswählte. Hätte er die Wahl gehabt, hätte er eine weniger großzügigere Zusammenstellung bevorzugt, denn fast alles auf dem Buffet sah ungenießbar aus und roch auch so. Das meiste davon war Fleisch: Braten, Eintöpfe und Spieße, begraben unter dicken, scharfen Soßen. Es gab mehrere Suppen – Harpirias hoffte zumindest, daß es sich bei diesen Flüssigkeiten um Suppen und nichts Unheilvolleres handelte –, Berge gerösteter Nüsse, verschiedene Gemüsebreie und etwas, wobei es sich um knorrige Wurzeln handeln mochte, die man über das Feuer gehalten hatten, bis sie verkohlt waren. Als Getränk wurde ein bitteres, salziges Bier von bläulich schwarzer Farbe gereicht, das in den Krügen aus eigenem Antrieb unangenehm zu sprudeln schien.

Harpirias aß, was er konnte, nippte hier, stopfte dort pflichtschuldig etwas in sich hinein und spülte alles mit verzweifelten Schlucken Bier hinunter. Diese Leute schienen ihr Fleisch halb gebraten und fett zu bevorzugen, und das meiste davon hatte einen Wildgeschmack, den auch ein erfahrener Jäger wie Harpirias kaum tolerieren konnte. Die Soßen waren viel zu scharf für ihn, und viele der Gemüsegerichte schmeckten verdorben oder gegoren. Aber er tat sein Bestes. Ihm war klar, welch ein Opfer die Othinor gebracht haben mußten, ihm solch einen Überfluß zu bieten; schließlich lebten sie ja in einem Land, das den größten Teil des Jahres über mit Schnee bedeckt war, in dem Landwirtschaft unbekannt war und jeder Fetzen Nahrung dem widerspenstigen Griff der Natur abgerungen werden mußte.

Der König tischte ihm Nachschläge auf, eine dritte und vierte Portion. Harpirias lachte und protestierte, nippte nur noch an den Gerichten und ließ die königlichen Diener seine noch gefüllten Teller wegräumen, wann immer Toikella in die andere Richtung schaute.

Der Abend ging weiter. Und weiter und weiter.

Clowns betraten den Raum, machten unergründliche Witze und jonglierten planlos, was Tränen der Heiterkeit über das Gesicht des Königs fließen ließ. Die Frauen tanzten erneut, und dann eine Gruppe von Männern. Harpirias wurde müde, zwang sich jedoch mühsam, dem Treiben Beachtung zu schenken. Er trank mehr von dem sprudelnden, bitteren Bier; nach einer Weile war es fast möglich, das Getränk zu mögen. Allmählich bemerkte er, daß die Feiernden sich in Zweier- oder Dreiergruppen fortstahlen. In dem großen Raum war es sehr still geworden. Der König hatte zwei Armvoll seiner Frauen zu sich gerufen und sich mit ihnen auf die Decken niedergelassen.

»Kommt, Prinz«, sagte Korinaam leise. »Der Abend ist beendet.«

»Soll ich dem König eine gute Nacht wünschen?«

»Ich befürchte, er wird es nicht mehr bemerken.« In der Tat schien Toikella beschäftigt zu sein. Leise, feuchte, schlabbernde Geräusche waren zu hören. »Wir sollten gehen«, sagte der Gestaltwandler.

Gemeinsam überquerten sie den Eisplatz zum Gästehaus am anderen Ende des Dorfes. Es war so spät, daß die Dunkelheit schon eingesetzt hatte. Die Luft in dieser Hochsommernacht war klar und scharf und trug – zumindest nahm Harpirias dies so wahr – bereits einen Anflug von Winter in sich. Die Sterne schienen kaum zu leuchten; sie waren einzelne, grell leuchtende Lichtpunkte.

»Ihr habt Euch heute abend gut geschlagen«, sagte Korinaam, als sie das Eisgebäude betraten. »Ein guter Anfang der Mission.«

Harpirias nickte. Er kam sich benebelt vor. Zu viele Reize, zu viel fremdes Bier, zu viel schlechtes Essen, zu viel verrauchte Luft. Er stieß die lederne Türkrempe zur Seite und betrat sein Zimmer. Hier war es noch wärmer als im Thronraum, und die Lampen, die während seiner Abwesenheit gebrannt hatten, hatten die Luft mit so dickem, öligem Rauch gefüllt, daß Harpirias würgen mußte, als er den ersten Atemzug davon einsog.

Jemand war im Zimmer. Eine Frau.

»Ja?« sagte er. »Was willst du?«

Sie erhob sich, kam auf ihn zu und entblößte bei einem Lächeln eine Zahnlücke. Harpirias erkannte sie als eine der Frauen, die sich zuvor am Fuß von König Toikellas Thron gedrängt hatten – sogar diejenige von ihnen, die am jüngsten und noch am ehesten attraktiv aussah: ein einigermaßen schlankes Mädchen mit glattem, glänzendem schwarzen Haar; sie hatte einen Pagenschnitt, der direkt über ihren Ohren endete. Sie trug nur die Mokassins und das Lendentuch aus schwarzem Fell, die Tracht der Tänzerinnen, und zog nun ziemlich beiläufig das Lendentuch hinab und schubste es zur Seite. Mit einer fröhlichen Geste deutete sie auf den Stapel der Schlaffelle, klopfte auf ihre Brust und reichte ihm die Hand.

»Nein«, sagte Harpirias. »Heute abend nicht, vielen Dank. Ich bin sehr, sehr müde. Ich möchte nur schlafen.«

Sie nickte heftig, kicherte und deutete erneut auf die Felle.

Einen Augenblick lang verspürte er eine gewisse Versuchung. Er hatte so lange keusch gelebt, daß die Keuschheit ihm nun fast normal vorkam, und diesem Umstand mußte unbedingt abgeholfen werden. Aber nicht hier, nicht jetzt, nicht mit ihr. Sie war keineswegs abstoßend – angenehme Gesichtszüge, wachsame, schelmische Augen, eine anständige Figur, ansprechende Brüste. Doch schließlich war sie eine auf ihre Weise barbarische, schmutzige und übelriechende Person. Und er war *tatsächlich* äußerst müde und keineswegs interessiert.

Er nahm an, er hätte sich geschmeichelt fühlen sollen, daß sie Gefallen an ihm gefunden hatte. Aber was würde der König sagen, wenn er herausfand, daß der Gesandte der zivilisierten Welt sich ein nächtliches Vergnügen mit einer Angehörigen des königlichen Harems gegönnt hatte?

»Es tut mit leid«, sagte er sanft. »Vielleicht ein anderes Mal.« Er hob den auf dem Boden liegenden Lendenschurz auf und drückte ihn in ihre Hand. Dann legte er die Fingerspitzen leicht und, wie er hoffte, nicht aufreizend auf den Rücken und schob sie zur Tür, stieß sie nicht gerade, machte ihr aber so deutlich, wie es ihm möglich war, daß sie gehen sollte.

Sie drehte sich um und betrachtete ihn lange und vorwurfsvoll. War der Blick traurig? Wütend? Spöttisch? Er konnte es nicht sagen.

Dann war sie fort.

Den Kopf schüttelnd, tat Harpirias, was er konnte, um sich zu säubern und auf den Schlaf vorzubereiten. Er wollte gerade zwischen zwei Felle auf dem Boden kriechen, als er auf dem Gang die leise Stimme des Gestaltwandlers vernahm: »Darf ich mit Euch sprechen, Prinz?«

Harpirias gähnte. Das war sehr ärgerlich. »Was ist los, Korinaam?« sagte er, ohne das Ledertuch zurückzuziehen, das als Tür diente.

»Das Mädchen, das Ihr zurückgewiesen habt, ist zu mir gekommen.«

»Meinen herzlichsten Glückwunsch. Ich wünsche dir viel Freude mit ihr.«

»Ihr versteht mich falsch, Prinz. Sie kam zu mir, um mich zu fragen, was sie falsch gemacht hat, warum sie Euch mißfällt. Sie ist verwirrt und beleidigt von Euch gegangen.«

»Ach ja? Nun ja, das ist sehr schade. Ich hatte nicht vor, ihre Gefühle zu verletzen. Aber ich will diese Nacht keine Gesellschaft, weder die ihre, noch eine andere. Und es kommt mir ganz allgemein nicht besonders klug vor, mit den Frauen des Königs zu schlafen.«

»Keine seiner Frauen, Prinz. Ihr habt König Toikellas jüngste Tochter zurückgewiesen. Und wenn er davor erfährt, wird es großen Ärger geben.«

»Seine *Tochter*? Er will, daß ich mit seiner Tochter ins Bett gehe?«

»Das ist bei den Othinor eine traditionelle Höflichkeit«, sagte der Gestaltwandler. »Ihr könnt Euch wirklich nicht weigern.«

Entsetzt schlug Harpirias beide Hände gegen seine Stirn. Meinte Korinaam es ernst? Das konnte kein Scherz sein. Einen verwirrenden Augenblick lang spielte Harpirias mit dem Gedanken, den Metamorphen zu bitten, das Mädchen zurückzurufen. Doch dann überwältigte eine immer größer werdende Verärgerung die Zwänge der angeblichen Verpflichtungen der Diplomatie, die auf seinen Schultern lasten mochten. Er wollte endlich schlafen. Es gab Grenzen dessen, was er tun mußte, damit dieser Vertrag unterschrieben wurde. Er würde *nicht* mit einem stinkenden Barbarenmädchen schlafen, nur um König Toikella zufrieden zu stimmen. Nein. Nein. Nein. Nein.

Er dachte schnell nach. »Sobald und sofern die Sprache darauf kommen sollte«, sagte Harpirias dann, »wirst du dem König mitteilen, daß ich die Ehre, die er mir erwiesen hat, sehr zu schätzen weiß. Aber ich habe den ernsten Eid geleistet, mich aufgrund der Anforderungen meines hohen Amtes von körperlichen Vergnügungen fernzuhalten. Dieses Keuschheitsgelübde läßt nicht zu, daß eine Frau sich mir nähert.«

»Davon habt Ihr aber noch nie etwas gesagt, Prinz.«

»Ich sage es jetzt. Ein Zölibateid. Hast du das verstanden?«

»Ja, habe ich.«

»Danke. Gute Nacht, Korinaam.«

Er zog sich eins der Felle mit der behaarten Seite nach oben über den Kopf. Es roch, als hätte man es mit Steetmoy-Urin gegerbt.

Es würde wesentlich schwieriger werden, als er erwartet hatte, sagte er sich. Wären sein guter Freund Tembidat und sein geliebter Vetter Vildimuir in diesem Augenblick in seiner Reichweite gewesen, hätte er ihnen mit beträchtlichem Vergnügen die Hälse umgedreht.

KAPITEL 7

Der nächste Tag verstrich langsam und ungewöhnlich. Kaum jemand war im Dorf wach und auf den Beinen, als Harpirias am Morgen hinaustrat: nur ein paar halbnackte Kinder, die am Fuß der hohen Felswand, die die Siedlung umgab, Fangen spielten, und ein halbes Dutzend Frauen des Stammes, die Streifen frisch geschlachteten Fleisches zum Trocknen in den einzigen schmalen Streifen Sonnenlicht legten, der in die Schlucht eindringen konnte. Das Fleisch, so vermutete er, sollte Vorrat für den Winter werden, der nur allzu bald kommen würde.

Allmählich erwachte die Ortschaft zum Leben. Der Tag war warm, der Himmel hell und klar. Eine Gruppe von Jägern versammelte sich vor dem Palast und zog schweigend zu den nahen Klippen. Einige alte Frauen trugen einen Stapel Häute auf den sonnigen Teil des Platzes und hockten sich im Kreis um sie nieder, um sie mit Knochenmessern abzuschaben. Ein hinkender Musiker kam aus einem Haus, kauerte im Schneidersitz auf dem Eis nieder und spielte auf einer Knochenflöte eine einzige dürftige Melodie. Er fing immer wieder von vorn an und machte über eine Stunde lang weiter.

Gegen Mittag tauchte der Hohepriester – als solchen sah Harpirias ihn nun an – mit dem hageren Gesicht aus dem königlichen Palast auf und schritt zu einer großen, flachen Steinplatte – bei der es sich zweifellos um irgendeinen Altar handelte – die sich auf der offenen Fläche zwischen dem Eingang der Schlucht und den zusammengedrängten Gebäuden des Dorfs um ein paar Zentimeter über den Eisboden erhob. Der Priester trug einen grell bemalten Tonkrug, aus dem er, als er den Altar erreicht hatte, irgendwelche Obstkerne oder Nüsse hervorholte, die er in alle vier Himmelsrichtungen schleuderte. Ein Opfer für die Götter, vermutete Harpirias.

Vom König und den anderen Mitgliedern seines Hofs war den ganzen Morgen über nichts zu sehen. »Er ist ein Langschläfer«, sagte Korinaam.

»Dann beneide ich ihn«, sagte Harpirias. »Ich bin in der Dämmerung erwacht, halb schwitzend und halb frierend. Was glaubst du, wann wir mit den Verhandlungen beginnen werden?«

»Morgen, vielleicht. Oder übermorgen. Oder am Tag danach.«

»Nicht früher?«

»Der König hat es niemals eilig.«

»Aber ich habe es eilig«, sagte Harpirias. »Ich will hier heraus sein, bevor der nächste Winter kommt.«

»Ja«, erwiderte der Metamorph. »Das bezweifle ich nicht.«

Irgend etwas an der Art und Weise, wie er es sagte, klang nicht sehr ermutigend.

Harpirias dachte an die acht Paläontologen – vielleicht waren es auch zehn, niemand schien es genau zu wissen –, die in diesem Augenblick irgendwo nicht weit von hier gefangengehalten wurden. *Sie* wußten, wie der Winter im Land der Othinor war. Sie hatten wahrscheinlich ein Jahr lang in irgendwelchen dunklen, kalten Käfigen gelebt und sich von Maisbrei, scharfem Haferschleim, Streifen von kaltem, fettem Fleisch, bitteren Wurzeln und Nüssen ernährt. Sie waren dieses Orts wohl mehr als nur ein wenig überdrüssig. Aber der König hatte es nie eilig, sagte Korinaam. Und Korinaam mußte es ja wissen.

Harpirias versuchte, sich dem langsamen Rhythmus des Ortes anzupassen. Er mußte eingestehen, daß das Leben im Dorf auf seine eigene Weise faszinierend war. So hatten vor Tausenden, eigentlich Hunderttausenden von Jahren bestimmt die primitiven Völker gelebt, in dieser fast mythischen Epoche, als die Alte Erde die einzige Heimat der Menschheit gewesen war und die Vorstellung, daß Menschen einmal zu den Sternen reisen würden, nur eine verrückte Phantasie. Die tägliche Routine, das Jagen und Sammeln von Nahrung, deren Zubereitung und Lagerung, die endlose Herstellung von einfachen Werkzeugen und Waffen, die Rituale, Bräuche und etwas abergläubischen Sitten, die Spiele der Kinder, die plötzlichen, unerklärlichen Ausbrüche von Gelächter oder Gesang oder lauten Disputen, die genauso schnell wieder beigelegt wurden – das alles erweckte in Harpirias den Eindruck, er sei durch die Zeit in eine ferne Epoche der uranfänglichen Vergangenheit der Menschheit zurückgeglitten. Er wäre in diesem Augenblick viel lieber unter seinen Freunden auf dem Burgberg gewesen, hätte den schweren, starken Wein von Muldemar getrunken und lebhafte Geschichten von Intrigen und Schikanen unter den Herzögen und Prinzen in der

Umgebung des Coronals ausgetauscht. Doch er mußte eingestehen, daß er hier etwas erlebte, das nur sehr wenigen gewährt wurde und woran er sich eines fernen Tages vielleicht tatsächlich mit Stolz und Dankbarkeit erinnern würde.

Schließlich, spät am Nachmittag, kam der König aus seinem Palast. Harpirias, der mit Eskenazo Marabaud und ein paar anderen Skandars auf dem Dorfplatz in eine Partie Knöchelspiel vertieft war, beobachtete erstaunt, daß der König innehielt, sich umdrehte, sie einen Augenblick lang leer musterte, ohne daß seine Züge ein Wiedererkennen oder auch nur eine Spur von Interesse verrieten, und weiterging.

»Als hätte er uns nicht mal bemerkt«, murmelte Harpirias.

»Vielleicht hat er das auch nicht«, sagte Eskenazo Marabaud. »Könige sehen nur, was sie sehen wollen. Vielleicht hat er keine Lust gehabt, uns heute zu sehen.«

Eine scharfsinnige Beobachtung, dachte Harpirias. Gestern war Toikella um sie besorgt und großzügig gewesen; heute schenkte er den Gesandten und seinem Trupp nicht mehr Beachtung, als er sie auch ein paar lästigen Flöhen geschenkt hätte. Wollte der König die Besucher aus der Außenwelt damit wissen lassen, daß sich im Land der Othinor die Ereignisse lediglich nach der Laune Toikellas entfalteten?

Oder – und das war eine lästigere Möglichkeit – sah er Harpirias' krasse und grobe Zurückweisung der Gunst, die seine Tochter ihm hatte schenken wollen, als Beleidigung an?

Aus welchem Grund auch immer, an diesem Tag fanden keine Verhandlungen statt; es gab nicht den geringsten Kontakt mit dem König. Die Mitglieder des Gesandten konnten sich den gesamten Nachmittag über nach ihrem Belieben vergnügen. Niemand sprach mit ihnen oder schenkte ihnen auch nur die geringste Beachtung, als sie durch das Dorf gingen.

Gegen Abend brachten drei Frauen der Othinor den Besuchern auf schweren Schlitten, die sie mit offensichtlicher Mühe über das Eis zogen, ihr Abendessen: ein großes Stück kalten Fleisches, ein Faß mit dem grauschwarzen Bier, das schal geworden war, und einen Haufen gerösteter Wurzeln, offensichtlich alles Überreste vom Fest des vergangenen Abends. Es war eine dürftige Verpflegung.

»Ich glaube, es dürfte einige Probleme geben«, sagte Harpirias zu Korinaam.

»Versucht, mehr Geduld zu haben, Prinz. All das ist normal. Der König versucht, die Kontrolle über uns zu bekommen.«

»Aber wir dürfen nicht *zulassen*, daß er die Kontrolle über uns erlangt!«

»Das heißt nicht, daß er es nicht versuchen wird. Schließlich ist er ein König.«

»Ein König von Barbaren!«

»Trotzdem ein König. Nach seiner Auffassung ist er dem Coronal und dem Pontifex gleichgestellt. Das solltet Ihr niemals vergessen, Prinz. Er wird mit uns sprechen, sobald er es für richtig hält. Das ist doch nur der erste Tag.«

»Jeder Tag der Untätigkeit macht mich rastlos.«

»Genau das will er damit erreichen«, sagte Korinaam. »So will er einen Vorteil über Euch erlangen. Habt Geduld, Prinz. Habt Geduld.«

Nach dem Abendessen kam es zu einer weiteren

Seltsamkeit, zu einer beträchtlichen sogar. Als Harpirias gerade, als die Dämmerung sich senkte, aus dem Gästehaus trat, um frische Luft zu schnappen, bemerkte er ein kurzes, helles Aufflackern am Rand der Schluchtwand, ja sogar an ihrer höchsten Stelle, hoch über der Seite des Dorfes, auf der sich der königliche Palast befand. Es war, als hätte dort oben jemand ein Leuchtfeuer entzündet.

Vielleicht betrieben sie dies hier jeden Abend, dachte er. Sie schickte einen gewandten Jungen des Stammes die Wand hinauf, damit er die Abendfackel anzündete. Aber nein, nein, es mußte sich um ein ungewöhnliches Ereignis handeln, denn der Platz füllte sich nun mit Stammesleuten, die nach oben zeigten und sich aufgeregt unterhielten. Ein Mädchen lief in den Palast, um Toikella zu holen, und er kam schnellen Schrittes und trotz der Abendkälte völlig nackt heraus, reckte den Hals und legte die Hand an die Stirn, um die Augen vor dem hellen Mondlicht abzuschirmen, während er hinaufsah.

Harpirias richtete seine gesamte Konzentration auf die Stelle, an der er das helle Flackern gesehen hatte. Kurz darauf wurde ihm klar, daß dort oben, direkt neben dem Feuer auf der höchsten Stelle der Klippe, winzige, dunkle Gestalten standen, auf diese Entfernung nicht größer als Insekten. Sie schienen mit irgend etwas zu kämpfen, das sie über den Rand der Schlucht stoßen wollten, mit irgendeinem großen, schwarzen Bündel, das sehr unhandlich und schlecht zu bewegen war. Nach einem Augenblick gelang es ihnen: Harpirias sah, wie es fiel, dabei zwei- oder dreimal gegen die Felswand prallte, auf einen hornförmigen Felsvorsprung stürzte, kurz daran hängenblieb, sich dann wieder losriß und mit einem gewaltigen dumpfen Geräusch praktisch vor dem Palast auf dem Talboden aufschlug.

Es war der Kadaver eines großen Tieres: ein dickbeiniges Ding mit großen, halbmondförmigen Stoßzähnen, vielleicht ein riesiges Weidetier, ein Nachkomme des furchterregenden, in den Bergen hausenden Geschöpfs, das, den Mythen der Metamorphen zufolge, die ursprünglichen Bewohner Majipoors hervorgebracht hatte, indem es sie aus einer eisüberzogenen Klippe geleckt hatte.

Es lag nun als düsterer, regloser Haufen auf dem Eis des Platzes – ein gewaltiger, zotteliger schwarzer Berg, aus dem helle Blutströme flossen. Der König ging murmelnd und stirnrunzelnd immer wieder um das Tier herum, stieß es an und zerrte an ihm. Offensichtlich war er zutiefst verwirrt. Harpirias wurde klar, daß das Tier absichtlich verstümmelt worden sein mußte, bevor es über die Klippe geworfen worden war. Man hatte ihm nicht nur die Kehle aufgeschlitzt; es hatte des weiteren rote Wunden im dichten Fell an seinen Flanken und am Bauch, wo man ihm mit geometrischen Mustern tiefe Schnitte zugefügt hatte.

Fast die gesamte Bevölkerung des Dorfes hatte sich mittlerweile versammelt, um dieses Phänomen zu begutachten, das von der Klippe gestürzt war. Die winzigen Gestalten am Rand der Schlucht waren nicht mehr zu sehen, und das Feuer schwelte zwar noch, war aber fast erloschen.

Harpirias schaute Korinaam an. »Begreifst du, was das zu bedeuten hat?«

Der Gestaltwandler schüttelte den Kopf. »Es ist mir ein Rätsel, Prinz. Als ich letztes Jahr hier war, habe ich nichts dergleichen gesehen.«

»Sie anscheinend auch nicht.« Harpirias deutete mit dem Kopf auf Toikella, der mit dem Hohepriester und ein paar anderen Höflingen in einem Kreis um das hinabgestürzte Tier stand. »Geh zu ihnen. Versuche, etwas herauszufinden.«

Aber Korinaam gelang es nicht, die Aufmerksamkeit von Toikella und seinen Leuten auf sich zu ziehen. Sie schienen ihn nicht einmal zu hören, als er etwas zu ihnen sagte. Nach einer Weile wandte er sich ab und besprach sich kurz zuerst mit einem, dann einem zweiten der nicht so angesehenen Stammesmitglieder, bevor er zu Harpirias zurückging.

»Das Tier«, berichtete der Gestaltwandler, »wird Hajbarak genannt. Es gilt als heiliges Geschöpf. Eine kleine Herde dieser Tiere durchstreift die Berge direkt hinter dem Dorf, und nur der König darf sie jagen. Für jeden anderen wäre es ein großes Sakrileg, ein Tier davon zu töten. Die größten der Knochen, aus denen sein Thron besteht, sind Hajbarak-Knochen.«

»Und was war das gerade dann? Eine Kriegserklärung von einem feindlichen Stamm?«

»Soweit ich weiß, leben keine anderen Stämme in dieser Gegend, ob nun feindlich oder nicht.«

»Soweit du oder irgendwer sonst gewußt habt, lebten hier auch die Othinor nicht, bis jemand sie entdeckt hat. Offensichtlich ist da oben noch jemand.«

»Offensichtlich«, sagte Korinaam, und seine Stimme klang etwas gereizt. »Aber ich habe keine Ahnung, ob diejenigen, die das Tier von dort oben heruntergestoßen haben, nun einem feindlichen Stamm angehören oder einfach Ausgestoßene dieses Stammes sind. Der erste Krieger, mit dem ich gesprochen habe, war so schockiert, daß er mir überhaupt nicht antworten konnte. Der zweite erzählte mir nur, das Tier sei heilig, und so etwas hätte nicht geschehen dürfen. Ihr könnt nun Eure eigenen Schlußfolgerungen ziehen, Prinz.«

Aber er konnte keine ziehen; und der Gestaltwandler war auch am nächsten Tag nicht imstande, etwas von den Dörflern zu erfahren. Sie wollten einfach nicht darüber sprechen, was geschehen war.

Soweit es Harpirias betraf, war die wichtigste Konsequenz des seltsamen Ereignisses dieses Abends, daß es zu einer weiteren Verzögerung der Eröffnung der Verhandlungen führte. Der König zog sich den ganzen nächsten und übernächsten Tag in seinen Palast zu Besprechungen zurück. Das tote Tier war unter Anstimmung ernster Gesänge davongeschleppt worden. Die Stelle, an der es auf den Boden geprallt war, war von allem Blut gesäubert worden. Wachtposten wurden Tag und Nacht auf dem Platz aufgestellt und beobachteten den Rand der Schlucht nach Anzeichen neuer Störungen.

Dann kam am Morgen ein Bote mit der Nachricht zu Harpirias, der König sei nun bereit, sich mit ihm zu beraten.

»Du wirst ihm zuallererst sagen, daß ich nicht der Coronal Lord Ambinole bin«, trug Harpirias dem Metamorphen auf, als sie über den Dorfplatz zum Palast gingen.

»Nicht zuallererst, Prinz. Bitte.«

»Dann als eins der ersten Gesprächsthemen.«

»Laßt mich über den richtigen Zeitpunkt dafür entscheiden.«

»Der richtige Zeitpunkt«, sagte Harpirias, »war genau der Augenblick, in dem diese Verwechslung begann.«

»Ja, vielleicht ist dem so. Aber es war unangemessen, den König zu unterbrechen, um ihn zu berichtigen. Und jetzt …«

»Ich möchte, daß diese Sache aufgeklärt wird.«

»Natürlich. Sobald wie möglich.«

»Und von diesem Augenblick an möchte ich«, sagte Harpirias, »daß du wortwörtlich und genau übersetzt, wann immer ich etwas zum König sage. Genauso möchte ich eine wortwörtliche und genaue Übersetzung dessen hören, was auch immer der König zu mir sagt.«

»Natürlich, Prinz. Natürlich.«

»Ich bin nämlich nicht so dumm, wie du vielleicht glaubst, und es steht nicht außerhalb meiner Kraft, die Sprache, die man hier spricht, selbst zu erlernen. Sollte ich herausfinden, daß du kein völlig ehrlicher Dolmetscher gewesen bist, Korinaam, werde ich dich töten.«

Das grobe Wort erschreckte Korinaam dermaßen, daß er in einem Augenblick der unwillkürlichen Metamorphose schmolz. Die Konturen seines Körpers verschwammen und kräuselten sich, seine zerbrechliche und lange Gestalt verdichtete sich und zog sich zusammen, als wolle sie sich schützen; seine Farbe wurde dunkler, wandelte sich von einem hellen Grün zu einem tiefen Blau; sein Gesicht verschloß sich, so daß seine Augen und Lippen kaum noch zu sehen waren. Dann nahm er mit einem schweren Atmen und einem Erzittern der Schultern wieder seine normale Gestalt an.

»Mich *töten*, Prinz?« sagte er.

»Töten. Wie ich ein Tier in einem Wald töten würde.«

»Ich habe Euch in keiner Hinsicht getäuscht«, sagte der Gestaltwandler. »Und ich habe nicht vor, es künftig zu tun.«

»Denke lieber nicht einmal daran«, sagte Harpirias.

Es überraschte ihn, König Toikella in einer heiteren, ja sogar ausgelassenen Stimmung vorzufinden. Die ungewöhnlichen Ereignisse der schon etwas zurückliegenden Nacht schienen an diesem Tag keinen Schatten auf ihn zu werfen. Es war auch keine Spur der Distanz, der Kälte festzustellen, die er das eine Mal seit dem Abend des Festes gezeigt hatte, da er und Harpirias einander begegnet waren.

Toikella hatte seinen Thron verlassen und schritt energisch in der großen Halle auf und ab. Wie üblich wurde er von seinen Frauen umgeben – Harpirias bemerkte unbehaglich die Anwesenheit der jungen Prinzessin, die in sein Zimmer gekommen war, um sich ihm anzubieten – und hielt von Zeit zu Zeit in seinem rastlosen Schreiten inne, um der einen eine grobe Liebkosung zukommen zu lassen und einer anderen etwas Heiseres und vielleicht Leidenschaftliches ins Ohr zu flüstern. Als er sah, daß Harpirias hereinkam, wirbelte er herum und rief einen lauten, rauhen Gruß, in dem Harpirias das Othinor-Wort *Helminthank* aufschnappte – aus dem Zusammenhang hatte Harpirias bereits geschlossen, daß es ›Majestät‹, ›Lord‹, zumindest aber irgendeinen Ehrentitel bedeutete – und erneut die Worte *Coronal* und *Lord Ambinole* wahrnahm.

Harpirias warf Korinaam einen düsteren Blick zu. Je länger dieser Irrtum beibehalten wurde, desto schwieriger würde er auszuräumen sein.

Aber jetzt gab es keine Möglichkeit, etwas dagegen

zu tun. Der König hatte während eines ohrenbetäubenden Gelächters den Arm um Harpirias geworfen und bellte ihm eine längere Aufreihung unverständlicher Rufe ins Ohr. Nach einer Weile befreite Harpirias sich mehr oder weniger taktvoll aus der erstickenden Umarmung des großen Mannes und sah zu dem Gestaltwandler hinüber.

»Was hat er gesagt?«

»Er heißt Euch erneut an seinem Hof willkommen.«

»Es war mehr als das. Das konnte nicht alles sein.«

Korinaams Gestalt kräuselte sich ein wenig an den Rändern.

»Ich will eine genaue Übersetzung«, sagte Harpirias zu ihm. »Oder ...« Er fuhr mit dem Zeigefinger schnell über seinen Adamsapfel.

Der Gestaltwandler verdrehte die Augen. »Der König hat gesagt«, erwiderte er, »daß er sich fragt, was für eine Rasse die Majipoori sind, wenn sie von einem so weibischen König beherrscht werden.«

»*Was?*«

»Ihr habt um eine genaue Übersetzung gebeten, Prinz.«

»Ja, das weiß ich. Aber was meint er mit ›weibisch‹. Er spricht von mir, nicht wahr, und nicht vom echten Lord Ambinole? Was für einen Grund kann er denn für die Annahme haben ...«

»Ich glaube«, sagte der Metamorph vorsichtig, »er bezieht sich darauf, daß Ihr am Abend des Fests seine Tochter zurückgewiesen habt.«

»Aha. Aha. Natürlich. Sag ihm – sag ihm zuerst, daß ich nicht der König von Majipoor, sondern nur der Gesandte des Königs bin. Dann danke ihm für die Freundlichkeit, mir neulich seine wunderschöne

Tochter geschickt zu haben. Und dann lasse ihn wissen, daß ich in keiner Hinsicht weibisch bin, wie er feststellen würde, wenn er in den königlichen Gehegen mit mir auf die Jagd gehen würde. Aber erzähle ihm auch von dem Keuschheitsgelübde, das ich abgelegt habe, um meine Seele zu stärken, und das mir zur Zeit die Umarmung von Frauen verbietet.«

Korinaam sprach kurz zu dem König – zu kurz, dachte Harpirias, wenn man bedachte, was er alles sagen sollte. Toikella lachte erneut, diesmal noch lautstärker als zuvor, und gab eine kurze und grob klingende Antwort.

»Nun?« fragte Harpirias.

»Der König meint, Ihr würdet gut daran tun, Euch von einem so dummen und schädlichen Eid loszusagen.«

»Mir ist klar, warum er dieser Ansicht ist. Aber zur Zeit ziehe ich es vor, ein Leben der körperlichen Reinheit zu führen. Sag ihm das.«

Korinaam sprach erneut. Der König antwortete diesmal wesentlich ausführlicher.

»Er bewundert Eure Entschlossenheit, Prinz. Aber er sagt, ein Keuschheitsgelübde käme ihm so seltsam vor wie nach oben fallender Schnee. Er selbst hat elf Frauen und schläft jede Nacht mit wenigstens drei von ihnen. Über hundert Bewohner des Dorfes sind seine Kinder.«

»Beglückwünsche ihn zu seiner Kraft und auch Fruchtbarkeit.« Harpirias kniff die Augen zusammen. »Und wie hat er reagiert, als du ihm gesagt hast, daß ich nicht der Coronal bin?«

Ein weiteres Flackern an den Rändern. »Das habe ich ihm nicht gesagt, Prinz.«

»Ich erinnere mich, dir unter Androhung der Todesstrafe aufgetragen zu haben, alles genau so zu übersetzen, wie ich es sage, Korinaam.«

»Ja. Sicher. Das habe ich verstanden, Prinz. Aber wie kann ich Euch begreiflich machen, daß ich so eine Bemerkung nicht einfach bei einem Gespräch über ganz andere Dinge fallenlassen kann? Der König hat erwartet, daß der Coronal persönlich kommt. Er glaubt, daß Ihr der Coronal seid. Ihm nun etwas anderes zu sagen, würde alles verderben, bevor es überhaupt angefangen hat.«

»Korinaam ...!«

Der Metamorph hob eine Hand. »Erneut bitte ich Euch, Prinz, mir zu erlauben, den richtigen Zeitpunkt dafür auszusuchen, diese Angelegenheit klarzustellen, und mir vorerst keine weiteren Befehle in bezug auf dieses Thema zu geben. Oder mir zu drohen«, fügte Korinaam nach einer kurzen Pause hinzu.

Harpirias schloß einen Moment lang die Augen. Es war von grundlegender Bedeutung, eine gewisse Kontrolle über diese Wortwechsel zu erlangen, oder er war verloren.

»Teile dem König mit«, sagte Harpirias dann streng, obwohl Toikella schon wieder sprach, »daß ich jetzt mit ihm über die Geiseln sprechen möchte. Insbesonders erbitte ich Erlaubnis, sie ohne weitere Verzögerung besuchen zu dürfen, um mich selbst davon überzeugen zu können, daß sie bei guter Gesundheit sind.«

»Mein guter Prinz ...«

»Sag es ihm.«

»Ich bitte Euch ...«

Harpirias fuhr sich wieder mit dem Finger über die Kehle.

Korinaam betrachtete ihn verdrossen. Dann drehte er sich zu König Toikella fort und begann wieder zu sprechen.

KAPITEL 8

Die Diskussion ging noch eine Zeitlang weiter. Harpirias spitzte die Ohren und versuchte verzweifelt, Schlüsselworte aufzuschnappen, um sie sich später übersetzen zu lassen. Der Gestaltwandler war ihm einfach zu glatt und schlüpfrig; er mußte versuchen, selbst ein wenig von der Sprache der Othinor zu lernen.

Zumindest hatte ein neues Wort Eingang in die Verhandlung gefunden – *goszmar.* So ähnlich klang es zumindest. Harpirias hörte es immer wieder. Er hoffte, daß es das Wort der Othinor für »Geiseln« war und Korinaam ihm wenigstens in Hinsicht auf das Gesprächsthema einmal gehorcht hatte. *Goszmar, goszmar, goszmar* – anscheinend eine Stunde lang wurde es hin und her geworfen. Schließlich drehte der Gestaltwandler sich zu Harpirias um. »Es war nicht einfach«, sagte er. »Wie ich Euch schon erklärt habe, läßt er sich nicht gern antreiben. Aber er hat eingewilligt, sie Euch noch an diesem Nachmittag zu zeigen, wenn seine Männer ihnen ihre reguläre Mahlzeit bringen.«

»Schön. Wo sind sie?«

»In einer Eishöhle in der Flanke des Bergs, hoch über dem nördlichen Ende des Tals. Er sagt, der Anstieg sei äußerst anstrengend und schwierig.«

»Besonders für einen weibischen Lord wie mich, nehme ich an. Lasse ihn wissen, daß ich auf die Aussicht auf etwas Körperertüchtigung begeistert bin.«

»Das habe ich bereits, Prinz.«

»Das hast du schon? Wie aufmerksam von dir, Korinaam.«

Wie sich herausstellte, war »anstrengend« in der Tat ein bescheidener Ausdruck für die Besteigung des Berges. So jung und stark Harpirias auch war, er wurde fast bis an die Grenze seiner Ausdauer getrieben. Der schmale und holprige Weg führte zahlreiche enge Haarnadelkurven hinauf, die sich langsam ansteigend die Vorderseite des Berges emporschlängelten. Bedrohlich zerklüftete Felsen ragten, vom Schnee halb verborgen, alle paar Meter auf dem Weg empor und drohten den unaufmerksamen Kletterer stolpern, ausrutschen und in den immer tiefer werdenden Abgrund stürzen zu lassen, der ohne ein Geländer an ihrer linken Seite klaffte. Die Luft wurde während des Aufstiegs immer kälter, und starke, eisige Windstöße schlugen gnadenlos auf ihre Gesichter ein. Plumpe Vögel mit großen Schnäbeln stiegen aus ihren Nestern an den Felsspitzen empor, flatterten kreischend um ihre Köpfe und schlugen mit breiten, starken Schwingen auf die Eindringlinge ein.

Das waren unbekannte Anstrengungen. Schon bald protestierten die Muskeln in Harpirias' Beinen. Schmerzhafte Stiche machten sich in seiner Brust und den Eingeweiden bemerkbar. Seine Augen schmerzten, seine Nase brannte. Aber er legte größten Wert darauf, auch die geringste Andeutung zu verbergen, daß der Aufstieg für ihn anstrengend war. Er hatte selbst darauf bestanden, diese Probe auf sich zu nehmen, und wußte, daß er sie bestehen mußte.

Er hatte nicht nur Korinaam, sondern auch den Skandar Eskenazo Marabaud mitgenommen, dessen Größe und Kraft ihm ein Trost sein sollten. Fünf Othinor begleiteten sie: der Hohepriester und vier Männer der Kriegerkaste. Der König blieb zurück; er hatte sich mit einer so kalten, sorglosen Unbekümmertheit entschuldigt, daß Harpirias nur Entzücken für die Dreistigkeit des Mannes empfinden konnte. »Ich würde jederzeit frohen Herzens mit Euch gehen«, erklärte Toikella. »Aber mein Volk braucht mich und möchte mich immer in der Nähe haben. Ich muß stets seinen Wünschen zu Diensten sein.« War das ein Wink mit dem Zaunpfahl? fragte Harpirias sich. Und ein königliches Grinsen?

Der Pfad führte sie über krachende Krusten aus verharschtem Schnee und dann über eine gefährlich aussehende Eisbrücke. Unter diesem unsicheren Steg rauschte ein schnell fließender Bach, der wie ein Schwall dunklen Blutes aus dem Herz der Klippe geschossen kam. Dahinter hörten die gewundenen Kurven abrupt auf, und der Weg verlief über lockeren, von Eis glasiertem Schotter nach oben. Der Weg war so steil, daß Harpirias glaubte, sein Herz würde im Brustkorb zerspringen. Seine bloßen Fingerspitzen wurden taub, und er glaubte, die Kälte der Luft würde ihm die Lungen zerreißen.

Und das war Sommer! Sommer in Othinor! Bei der Lady, wie überlebten diese Leute hier die Winter? Waren sie aus Stein? Floß in ihren Adern Eiswasser?

Die Luft hier oben war dünn und fahl. Harpirias sagte sich, er könne einfach durch sie hindurchsehen, und fragte sich dann mit einiger Verwirrung, was er damit gemeint hatte. Ließ sein Verstand unter der

Anstrengung des Aufstiegs nach? Er mahnte sich, vor unsinnigen Gedanken auf der Hut zu sein. Die Höhe, der Breitengrad – die Belastung, fügte er hinzu ... *die Höhe, der Breitengrad, die Belastung*, die Worte kreisten unaufhörlich in seinem Kopf, ein ihn in den Wahnsinn treibendes, unaufhörliches Klingeln.

Die anderen hatten anscheinend keine Probleme mit dem Aufstieg. Alle Othinor bis auf den Priester trugen ohne die geringsten Schwierigkeiten schwere Säcke mit Proviant für die Gefangenen. Eskenazo Marabaud schien sogar Vergnügen zu empfinden, das im Einklang mit dem Schwierigkeitsgrad des Aufstiegs wuchs. Sogar der zierliche Korinaam hielt eifrig mit. Harpirias fand das ärgerlich; aber dann fiel ihm ein, daß seine Begleiter allesamt aus Gebieten kamen, in denen kaltes Wetter vorherrschte, und an solch schroffe Bedingungen gewohnt sein mußten. Er hingegen hatte, so jung und stark er auch sein mochte, sein ganzes Leben im sanften Klima des Burgbergs verbracht.

Er schaute einmal hinab, nur einmal. Das Dorf war nur noch eine Silhouette, weiß gegen weiß, eine Ansammlung ferner, winziger Kästen, die sich an die Flanke des Berges schmiegten. Der Anblick machte ihn benommen, und er schwankte, doch Eskenazo Marabaud reichte ihm sofort seine untere linke Hand aus und hielt ihn fest. Harpirias lächelte ihm dankbar zu.

Sie waren jetzt nicht mehr tief unter dem oberen Rand der Klippe. Harpirias konnte ihn sehen, einen breiten, flachen Gipfel, der sich nach hinten ausdehnte. Hier bog der Weg um eine Kurve und wurde unerwartet doppelt oder dreimal so breit wie zuvor.

Ein Stückchen unter dem Gipfel zeugte ein dunkles, ungleichmäßiges Oval in der Vorderseite des Hangs von einer Höhle. Geröllblöcke waren hoch vor der Öffnung aufgestapelt, um sie zu verschließen. Zwei mit Fellen bekleidete und Schwertern bewaffnete Othinor hielten davor Wache, die Arme vor den Brustkörben verschränkt, die Gesichter ausdruckslos.

Der Hohepriester – sein Name war Mankhelm – richtete ein paar barsche Worte an sie. Die Wachtposten salutierten und schoben die oberste Schicht der Felsbrocken schnell zurück, damit sie die Höhle betreten konnten.

In der Höhle war alles dunkel. Langsam und umständlich wurden Fackeln angezündet. Dann sah Harpirias, daß sie sich in einer niedrigen, tiefen und schmalen Höhle befanden, die bis tief in den Kern der Felswand führte. Sickerwasser aus irgendwelchen Bergquellen hatte ihre Seiten mit einer Eisschicht überzogen, die im rauchigen Licht der Fackeln mit einem wunderschönen bläulichen Glanz leuchtete.

Schattenhafte Gestalten torkelten aus den Tiefen der Höhle hervor, blinzelten und murmelten leise, als sie sich dem Licht näherten.

»Ich bin der Gesandte seiner Hoheit, Lord Ambinole«, sagte Harpirias mit ernstem Tonfall, »und bin gekommen, um eure Freilassung zu erwirken. Mein Name ist Harpirias. Prinz Harpirias von Muldemar.«

»Der Göttliche sei gelobt! Was für ein Jahr haben wir?«

»Was für ein … Jahr?« Harpirias war bestürzt. »Nun, das dreizehnte Jahr der Herrschaft von Pontifex Taghin Gawad. Habt ihr den Eindruck, schon so lange hier zu sein?«

»Ewig. Ewig.«

Harpirias musterte den Mann, mit dem er sprach. Er war groß und schrecklich dünn, fahl wie gebleichtes Pergament, besaß einen Kranz drahtigen, ergrauenden Haars, das in alle Richtungen von seinem ansonsten kahlen Schädel abstand, sowie einen dichten, ungepflegten Bart, der fast sein gesamtes Gesicht bedeckte. Zwei brennende, halbverrückte Augen spähten aus diesem Dickicht des Haarwuchses hervor. Er war in lose hängende, zerfranste Lumpen gekleidet, die ein erbärmlich unzureichender Schutz gegen die Kälte waren.

»Ihr seid erst seit einem Jahr hier«, sagte Harpirias zu ihm. »Oder vielleicht etwas länger. Hier in den Marschen haben wir die Mitte des Sommers. Des Sommers des Jahrs Dreizehn.«

»Nur ein Jahr«, wiederholte der Mann erstaunt. »Es kommt mir wie ein ganzes Leben vor. – Ich bin Salvinor Hesz«, erklärte er nach einem Augenblick. Harpirias kannte den Namen. Genau – der Anführer der unglückseligen paläontologischen Expedition.

Hinter ihm standen andere, die nicht weniger ausgemergelt und zerlumpt waren als er. Harpirias zählte schnell: sechs, sieben, acht, neun. Fehlte einer?

»Ist das die gesamte Gruppe?« fragte er.

»Wir alle, ja.«

»Es war fraglich, wie viele von euch die Reise angetre ten hatten. Acht, zehn – die Unterlagen waren nicht ganz klar.«

»Neun«, sagte Salvinor Hesz. »Im letzten Augenblick wurden personelle Veränderungen vorgenommen. Zwei fielen aus – welch Glück für sie! –, und ein Ersatzmann wurde gefunden.«

»Ich«, sagte ein Mann von bemerkenswerter Größe und Schmächtigkeit mit einer düsteren Grabesstimme, die sich vom Grund des Großen Meeres zu erheben schien. »Es war mein Glück, mich dieser Expedition anschließen zu dürfen, als sie Ni-moya gerade verließ. Was für eine Gelegenheit, meine Karriere voranzubringen!« Er streckte eine zitternde Hand aus. »Mein Name ist Vinin Salal. Wie lange werden wir noch hier festgehalten?«

»Ich bin gerade erst eingetroffen«, sagte Harpirias. »Bevor ihr freikommt, muß ein formeller Vertrag mit dem König ausgehandelt werden. Aber ich hoffe, euch vor dem Ende des Sommers befreit zu haben. Ich *werde* euch bis dann hier heraus haben.« Er schaute von einem zum anderen und staunte, wie dürr sie alle waren. Sie bestanden nur noch aus Haut und Knochen. »Bei der Lady, sie haben euch hungern lassen, nicht wahr? Dafür werden sie bezahlen! Sagt mir: Wie haben sie euch behandelt?«

»Sie haben uns zweimal pro Tag zu essen gegeben«, sagte Salvinor Hesz ohne Groll. Er deutete auf die Proviantsäcke, die die Othinor an der Seite der Höhle abgestellt hatten. Die Gefangenen schienen es nicht eilig zu haben, darüber herzufallen. »Getrocknetes Fleisch, Nüsse, Wurzeln – so ziemlich dasselbe, was auch sie essen. Man lernt diesen Speiseplan nicht gerade zu lieben. Aber sie haben uns zu essen gegeben.«

»Jeden Morgen, jeden Nachmittag, sehr pünktlich«, sagte einer der anderen. »Jedesmal klettert ein Trupp von ihnen mit diesen Säcken mit Lebensmitteln für uns hier hinauf. Manchmal hören wir, daß draußen schreckliche Stürme wüten, doch sie lassen niemals eine Mahlzeit ausfallen, sie steigen trotzdem hier hinauf. Von den Speisen der Othinor wird man nicht gerade fett. Aber wir können kaum behaupten, daß sie uns verhungern ließen.«

»Nein«, stimmte ein anderer zu. »Verhungern nicht, nein.«

»Nein.«

»Keineswegs.«

»Sie haben uns eigentlich ziemlich gut behandelt.«

»Anständige Leute. Sehr zurückgeblieben, aber alles in allem nicht unfreundlich.«

Harpirias wurde von der Milde ihrer Worte verwirrt, von dem fast freundlichen Tonfall, mit dem sie über ihre wilden Häscher sprachen. Diese Männer sahen wie wandelnde Skelette aus. Sie hatten über ein Jahr in diesem dunklen Gletscherloch gelebt, weit entfernt von ihrem Zuhause, ihren geliebten Familien und Arbeitsstellen, wurden langsam schwächer trotz der – abstoßenden – Nahrung, die die Othinor ihnen brachten. Wo war ihr Zorn? Warum überschütteten sie ihre Kerkermeister nicht mit Flüchen? Hatte die Gefangenschaft ihre Seelen dermaßen gebrochen, daß sie sogar für die elenden Reste dankbar waren, die ihnen diejenigen, die sie verdammt hatten, hier auszuharren, zu essen gegeben hatten?

Er hatte gehört, daß Gefangene manchmal nach vielen Monaten und Jahren ihre Wärter zu lieben lernten. Aber es fiel ihm schwer, so etwas zu verstehen.

»Ihr habt nicht die geringsten Beschwerden gegen die Othinor?« fragte Harpirias. »Abgesehen davon, daß sie euch gezwungen haben, gegen euren Willen hierzubleiben, meine ich?«

Sie begegneten seiner Frage mit Schweigen. Es

schien diesen Männern schwerzufallen, klar zu denken. Die Entbehrungen mußten nicht nur ihren Körper, sondern auch ihren Geist geschwächt haben, dachte Harpirias. Der Hunger, die Kälte, die Trennung von der Welt.

»Nun ja«, sagte Salvinor Hesz dann, »sie haben uns unsere Fundstücke abgenommen. Das war sehr betrüblich. Ihr müßt versuchen, sie zurückzubekommen.«

»Die Fossilien«, sagte Harpirias. »Also haben Sie tatsächlich die Knochen dieser Landdrachen gefunden?«

»O ja, ja. Ein sehr spektakulärer Fund. Eindeutig ein Bindeglied zu der maritimen Spezies der Drachen – ohne Frage eine evolutionäre Verbindung.«

»Es besteht kein Zweifel?«

»Es gelang uns, Zähne von erstaunlicher Größe auszugraben, Rippen, Wirbel, Fragmente einer riesigen Wirbelsäule ...« Salvinor Hesz' hageres Gesicht strahlte nun vor Aufregung. Er glühte förmlich durch die buschige Umhüllung seines Bartes. »Die bei weitem größten Landgeschöpfe, die je auf dieser Welt gelebt haben. Und ohne jeden Zweifel die Vorfahren unserer Meeresdrachen – vielleicht eine Übergangsform der Evolution, die noch ausführlich studiert werden muß. Zum Beispiel weisen die Knochen der Ohren eindeutig darauf hin, daß sie dazu geschaffen waren, sowohl auf dem Land als unter Wasser zu hören. Wir haben ein völlig neues Kapitel in unseren Kenntnissen über die Entwicklung des Lebens auf Majipoor aufgeschlagen. Und auf diesem Berg wartet noch mehr, viel mehr, darauf, entdeckt zu werden. Wir hatten gerade unser Gerüst errichtet und zu graben angefangen, als die Othinor uns entdeckten und gefangennahmen.«

»Und alles beschlagnahmten, was wir entdeckt hatten«, sagte ein anderer. »Wenn wir es richtig verstanden haben, haben sie die Knochen wieder begraben.«

»Das kann einen völlig in den Wahnsinn treiben«, erklang eine Stimme aus dem hinteren Teil der Höhle. »Eine so große Entdeckung zu machen und nicht imstande zu sein, unseren Fund in die Zivilisation mitzubringen. Wir können diesen Ort ohne die Knochen nicht verlassen. Ihr *werdet* doch darauf bestehen, daß wir die Fossilien zurückbekommen, oder?«

»Ich werde sehen, was sich machen läßt, ja.«

»Und auch, daß wir ihre Erlaubnis bekommen, die Arbeit fortzusetzen. Ihr müßt sie zu der Einsicht bringen, daß die Ausgrabung dieser Fossilien lediglich wissenschaftliche Forschung ist. Die Knochen haben für sie keinen Wert. Und daß die Stammesgötter, so sie denn welche haben, ihnen keineswegs zürnen werden, wenn wir die Knochen ausgraben. Deshalb haben sie uns doch daran gehindert, vermute ich. Oder seid Ihr anderer Ansicht?«

»Nun ...«, sagte Harpirias.

»Das Problem war doch bestimmt ein religiöser Einwand, meint Ihr nicht auch? Wir haben irgendein Tabu gebrochen ...«

»Darüber weiß ich nichts. Vergeßt nicht, ich bin gerade erst eingetroffen, und die richtigen Verhandlungen haben noch nicht mal angefangen. Sie bestehen jedoch auf einem Vertrag, der ihnen garantiert, daß wir uns nie wieder in irgendeiner Hinsicht in ihr Leben einmischen werden. Es besteht die Möglichkeit, daß ich zumindest die Knochen zurückbekomme, die Sie bereits ausgegraben haben, doch ich bin nicht sicher, daß sie weitere Ausgrabungen in der Nähe ihres Stammesgebiets genehmigen werden.«

Dem folgte augenblicklich ein Chor von Einwänden.

»Wartet!« sagte Harpirias und hob die Hände, um Stille zu gebieten. »Hört mir zu. Ich werde tun, was ich kann. Doch meine vorrangige Aufgabe ist schlicht und einfach, euch hier herauszuholen, und selbst das wird nicht leicht werden. Sollte es mir gelingen, vergangene oder zukünftige wissenschaftliche Forschungen abzusichern, handelt es sich dabei lediglich um einen Bonus.« Er starrte sie wütend an. »Ist das klar?«

Niemand antwortete.

Er entschloß sich, ihr Schweigen als Einwilligung zu betrachten. »Gut. Gut. Nun ja, von den Fossilien einmal abgesehen ... seid ihr in anderer Hinsicht, von der ich wissen müßte, schlecht behandelt worden?«

»Nun«, sagte einer der Paläontologen zögernd, »da ist die Sache mit den Frauen.«

Harpirias hörte einige zischende Geräusche, mit denen der Mann wohl zum Schweigen gebracht werden sollte, und sah, daß die Wissenschaftler verlegene Blicke miteinander wechselten.

»Mit den Frauen?« fragte er und schaute sich verwirrt um. »Mit welchen Frauen?«

»Das ist sehr peinlich«, sagte Salvinor Hesz.

»Ich muß es wissen. Was ist mit diesen Frauen?«

»Sie bringen uns ihre Frauen«, sagte einer der Paläontologen nach einer Pause, die anscheinend nie enden wollte, so leise, daß man ihn kaum verstehen konnte.

»Damit wir sie befruchten«, sagte ein anderer.

»Das ist das Schlimmste an der ganzen Sache«, warf ein dritter ein. »Das absolut Schlimmste.«

»Beschämend.«

»Schändlich.«

»Widerwärtig.«

Nun, da sie ihre Zurückhaltung aufgegeben hatten, wollten sie alle auf einmal reden. Harpirias sah sich einem verwirrenden Gestammel und Geschrei ausgesetzt, aus dem er sich nach und nach die Geschichte zusammenreimte.

Die Othinor mochten zwar Wilde sein, doch offensichtlich hatten sie gewisse Kenntnisse von der Genetik. Sie machten sich über die negativen Auswirkungen der Stammesinzucht Sorgen. Als kleine Gruppe eng miteinander verwandter Individuen, die in der jahrhundertelangen Abgeschiedenheit ihrer fast völlig unzugänglichen Bergheimat lebten, hatten sie es wahrscheinlich bereits mit zahlreichen angeborenen Defekten zu tun. Und so hatten sie sich entschlossen, die Ankunft der neun Paläontologen als glückliches Geschenk neuen genetischen Materials zu sehen. Über die Monate hinweg, in denen die Wissenschaftler bereits gefangen waren, hatten die Othinor systematisch Frauen zum Schwängern in die Höhle geschickt. Die Paläontologen waren der Ansicht, daß bereits zahlreiche Mischlingskinder geboren worden und weitere unterwegs waren.

In Harpirias wallte Beunruhigung und Zorn auf. Nun wurde ihm langsam klar, warum nach dem königlichen Bankett eine Tochter König Toikellas in seiner Kammer auf ihn gewartet hatte.

»Und das geht von Anfang an so?«

»Von Anfang an, ja«, sagte Salvinor Hesz. »Alle paar Tage werden mit den üblichen Nahrungsmitteln ein paar Frauen hierher gebracht und bleiben über Nacht hier. Offensichtlich erwartet man von uns, daß wir ihnen zu Diensten sind.«

»Und habt Ihr ihre Frauen *gesehen*?« fragte Vinin Salal. »Habt Ihr sie *gerochen*? Das ist nicht nur ein moralischer und körperlicher Mißbrauch. Das ist ein ästhetisches Verbrechen!« Er zitterte vor Wut, konnte sich kaum beherrschen.

Harpirias hörte, daß Korinaam kicherte. Er warf dem Gestaltwandler einen zornigen Blick zu.

Doch auch ihm fiel es schwer, sich einer gewissen Erheiterung zu enthalten. So wie ihm normalerweise wenig daran lag, fossile Knochen auszugraben, hatten nur wenige dieser hingebungsvollen und nüchternen Gelehrten ein großes Interesse in ›fleischlichen Belangen‹. Daß sie gezwungen wurden, für Frauen der Othinor als Zuchthengste zu dienen, konnte einem schon etwas komisch vorkommen. Und was den ästhetischen Aspekt betraf ... nun ja, die meisten der Wissenschaftler sahen auch nicht gerade wie Schönheiten aus, und auch mit ihrem Geruch konnten sie sich nach all diesen Monaten der Gefangenschaft nicht gerade brüsten.

Es spielt keine Rolle, dachte Harpirias. So behandelt man keine Gefangenen. Er verstand ihre Empörung und betrachtete sie mit tiefstem Mitgefühl.

»Was sie mit euch gemacht haben, ist ekelhaft«, stieß er hervor. »Überaus abscheulich.«

»In der ersten Nacht haben wir uns natürlich von ihnen ferngehalten«, sagte Vinin Salal. »Es wäre uns nie in den Sinn gekommen, sie auch nur zu berühren. Doch am nächsten Morgen berichteten sie den Wachen, was passiert war – oder besser gesagt, nicht passiert war –, und an diesem Tag wurde uns das Essen vorenthalten. Am folgenden Morgen kamen sie wie üblich mit den Nahrungssäcken zurück, und es waren auch zwei neue Frauen dabei. Eine kleine pantomimische Unterhaltung fand statt. Nahrung: Frauen. Frauen: Nahrung. Wir fanden sehr schnell heraus, was man von uns erwartete.«

»Wir haben Lose gezogen«, kam eine Stimme aus einer fernen Ecke. »Die beiden mit den kürzesten Strohhalmen wurden ausgewählt. Und so ist es seitdem ständig gegangen.«

»Aber warum haltet ihr das für ein Zuchtprogramm?« fragte Harpirias. »Vielleicht versuchen die Othinor nur, euch eure Gefangenschaft etwas angenehmer zu gestalten.«

Salvinor Hesz lächelte ernst. »Ich wünschte, dem wäre so. Aber wir wissen es besser. Wir haben während all dieser Zeit nämlich oberflächliche Kenntnisse von ihrer Sprache erlangt. Die neuen Frauen, die zu uns kommen, erzählen uns von den Schwangerschaften. ›Mach mir auch ein Kind‹, sagen sie. ›Schick mich nicht leer fort. Der König wird wütend auf mich sein, wenn ich nicht empfange.‹ Es besteht kein Zweifel daran. Sie klingen fast verzweifelt.«

»Ihr werdet es bald feststellen«, sagte Vinin Salal. »Er wird wollen, daß auch Eure Gruppe zum Genpool beiträgt. Ihr mit Eurem aristokratischen Blut ganz besonders. Denkt an meine Worte, Prinz. Genau, wie er es bei uns getan hat, wird der König versuchen, Euren Aufenthalt hier ... äh ... *angenehmer* zu gestalten. Und was werdet Ihr dann tun?«

Harpirias lächelte. »Ich bin nicht der Gefangene des Königs. Und ihr werdet bald auch keine Gefangenen mehr sein.«

KAPITEL 9

Nicht lange an diesem Abend, nachdem Harpirias den Abstieg vom Rand der Schlucht bewältigt hatte, wurde ein zweiter verstümmelter Hajbarak ins Dorf der Othinor hinabgeworfen. Die Umstände ähnelten denen vom Vortag. Bei Anbruch der Dämmerung loderte plötzlich ein Feuer auf dem Berg auf – diesmal auf einem anderen Teil –, und man konnte winzige, wie verrückt tanzende Gestalten vor der sich ausbreitenden Dunkelheit des Himmels ausmachen. Dann stürzte ein weiteres halbtotes Tier den Berg hinab und schlug dabei immer wieder schwer gegen die Felswände. Es landete in der Nähe der Stelle, wo auch das andere heruntergekommen war.

Die Unruhe lockte Harpirias aus seinem Raum. Er sah den König in einem Zustand höchste Wut, sah, wie dieser die Faust in Richtung der Bergspitze schüttelte und seinen Kriegern zahlreiche zornige Befehle zurief. Erneut wurde das Tier außer Sichtweite geschleppt; erneut wurde der Dorfplatz von Blutflekken gereinigt. Harpirias hörte bis tief in die Nacht unharmonische Gesänge.

Am nächsten Morgen kamen die Verhandlungen nur schleppend voran.

Korinaam war schon unruhig, bevor sie überhaupt anfingen. »Habt heute ein wenig Geduld«, warnte der Gestaltwandler Harpirias, als sie den Thronraum betraten. »Er wird in schlechter Stimmung sein. Provoziert ihn auf keinen Fall. Ich schlage vor, Ihr drückt einfach Euer Bedauern über diesen neuerlichen, schockierenden Tod eines heiligen Hajbarak aus und bittet um eine augenblickliche Verschiebung des Gesprächs.«

»Das ist Zeitverschwendung, Korinaam. Ich muß mich nach dieser ungeheuerlichen Angelegenheit erkundigen, daß die Gefangenen gezwungen werden, mit Frauen des Stammes zu schlafen.«

»Fragt ihn an einem anderen Tag danach, Prinz. Bitte. *Bitte.*»

»Das werde ich beurteilen«, sagte Harpirias.

Aber es gab kaum eine Gelegenheit für ihn, die Tagesordnung des Gesprächs festzulegen. Der König schien zutiefst erschüttert zu sein. Grübelnd, geistesabwesend und gereizt begrüßte er sie mit kaum mehr als einem verdrossenen Knurren und einer beiläufigen Bewegung der linken Hand.

Harpirias trug dem Gestaltwandler auf, das Gespräch zu eröffnen, indem er sagte, der Gesandte wolle gewisse Dinge aufgreifen, die das Wohlergehen der Geiseln beträfen. Ein kalkuliertes Risiko, dachte Harpirias. Korinaam zögerte deutlich, doch soweit Harpirias es beurteilen konnte, tat er wie geheißen.

Der schlaff auf seinem Thron sitzende Toikella sagte nichts, grunzte lediglich und zuckte mit den Achseln.

»Sag ihm, daß es mit den Frauen zu tun hat, die zu ihnen geschickt werden«, fuhr Harpirias fort. »Daß ich solche Vorgänge äußerst befremdlich finde. Daß ich die stärksten Einwände dagegen habe.«

»Prinz, ich flehe Euch an ...«

»Sag es ihm. Genau, wie ich es dir aufgetragen habe.«

Korinaam nickte Harpirias müde zu. Er drehte sich erneut zum König um und sprach mit ihm.

Diesmal erfolgte die Erwiderung sofort und war sehr heftig. Toikellas Gesicht wurde flammend rot. Er hämmerte auf die Lehnen des Throns und schnaubte undeutliche Worte. Nachdem er sich dann beruhigt hatte, fuhr er etwas leiser fort, sprach aber so düster und gebietend zu dem Gestaltwandler, daß an seiner schwelenden Wut kein Zweifel blieb. Und mit zunehmender Dauer der Antwort wurde sein Tonfall wieder hitziger.

»Seht Ihr, Prinz?« sagte Korinaam selbstgefällig.

»Was hat er gesagt?«

»Im Prinzip, daß er nicht daran interessiert ist, dieses Thema mit Euch zu besprechen. Daß dieser Aspekt nicht zu verhandeln ist und er sowieso nicht der Ansicht ist, daß Ihr qualifiziert seid, darüber zu sprechen. Er benutzt übrigens die verächtliche Form des Pronomens *Ihr.*«

»Die verächtliche Form?«

»Sie verwenden sie, wenn sie die Männlichkeit eines Feindes in Zweifel ziehen wollen.«

Harpirias spürte, daß nun sein Zorn aufwallte. »Er klammert sich noch immer an diese Vorstellung, was? Na ja, sage ihm ...«

»Wartet«, unterbrach Korinaam ihn. Der König sprach noch immer. »Er sagt ... wir sollen uns sofort aus seiner Gegenwart entfernen. Heute finden keine Gespräche statt. Die Sitzung ist abgesagt.«

»Haben ihn die Hajbaraks dermaßen aus der Fassung gebracht?«

»Das ist nicht der einzige Grund. Es ist viel komplizierter. Er war von Anfang an in heikler Stimmung, aber ich fürchte, Ihr habt es viel schlimmer gemacht. Genau davor habe ich Euch gewarnt. Er hat sich jetzt in einen richtigen Wutanfall gesteigert. Wir müssen sofort gehen.«

»Das kann doch nicht dein Ernst sein. Noch einen Tag verschwenden? Es wird Winter sein, bevor wir je dazu kommen ...«

»Wir haben keine Wahl. Wenn Ihr verstehen würdet, was er sagt, würdet Ihr dies einsehen. Kommt ... kommt ... Er wird gleich Knochen des Throns nach uns werfen.« Korinaam zerrte nervös am Ärmel von Harpirias Wams. »Kommt, Prinz!«

»Na schön«, sagte Harpirias, als sie draußen waren. »Was hat ihn also dermaßen wütend gemacht?«

»Es ist die Sache mit Eurem Keuschheitsgelübde, Prinz. Das verärgert ihn in Wirklichkeit, nicht die Geiseln oder sonst etwas. Als Ihr anfingt, von den Frauen zu sprechen, die zu den Geiseln geschickt werden, habt Ihr ihn an die andere Sache erinnert – daran, daß Ihr seine Tochter zurückgewiesen habt.«

»Meine Keuschheit geht ihn gar nichts an.«

»O doch, o doch, Prinz! Genau, wie Ihr es gestern von diesen Männern in der Eishöhle gehört habt: Er erwartet, daß Ihr ihm einen königlichen Erben zeugte. Er ist wütend, weil Ihr seine Tochter fortgeschickt habt, und die Gespräche werden keine Fortschritte machen, bis Ihr sie umarmt und den Sohn eines Coronals in ihren Leib pflanzt.«

»Den Sohn eines Coronals!« rief Harpirias. »Er erhofft, *das* von mir zu bekommen?«

Die unergründlichen Augen des Gestaltwandlers

mochten ein gewisses hinterlistiges Vergnügen zeigen. Er sagte nichts.

»Um die Liebe des Göttlichen willen, Korinaam, begreifst du, was du getan hast? Ich habe dir immer und immer wieder gesagt, daß ich es nicht gutheißen kann, ihn denken zu lassen, ich sei Lord Ambinole. Ich habe dir bei mindestens drei verschiedenen Gelegenheiten befohlen, ihm die Wahrheit zu unterbreiten. Aber du hast dich geweigert, und geweigert, und noch einmal geweigert, und jetzt – verstehst du? Er will ein Kind des Coronals als Enkelsohn, und wie soll ich ihm das geben? Ich bin nicht der Coronal, Korinaam! Ich bin es nicht!«

»Ihr seid von königlichem Blut, Prinz.«

»Das ist tausend Jahre her.«

»Trotzdem. Euer Vorfahre war ein großer König. Selbst wenn Ihr nicht der Coronal seid, können wir erklären, daß ihr von königlicher Abstammung seid. Macht das Kind, und Toikella wird zufrieden sein.«

»Das Kind machen?« fauchte Harpirias. »Was sagst du da?«

»Ist es eine so schreckliche Aufgabe? Das Mädchen kam mir doch ziemlich hübsch vor.«

Harpirias atmete scharf ein. »Als ob du etwas darüber sagen könntest. Aber es spielt überhaupt keine Rolle, wie das Mädchen aussieht. Ich werde einfach nicht ... Nein«, sagte er grimmig. »Wir gehen jetzt dorthin zurück, und du sagst ihm, wer ich wirklich bin, und damit ist die Sache erledigt.«

»Er wird uns töten, Prinz.« Jetzt lag kein Spott mehr in der Stimme des Gestaltwandlers.

»Ist das dein Ernst?«

»Er hält Euch für Seine Lordschaft. Es ist zu spät,

ihm etwas anderes zu sagen. Er ist zu stolz darauf, daß der Coronal von Majipoor als Bittsteller in sein Dorf gekommen ist. Wenn wir ihm jetzt sagen, daß wir ihm bis zu dieser späten Stunde erlaubt haben, sich einzureden, Ihre wäret der Coronal, wird er uns beide eigenhändig töten. Glaubt mir, Prinz.«

»Aber das wäre ein kriegerischer Akt! Die Regierung seiner Lordschaft würde ein Heer hierher schikken und ihn für den Rest seines Lebens ins Gefängnis werfen.«

»Er hat keine Ahnung von der Macht der Regierung seiner Lordschaft«, sagte Korinaam. »Wie Ihr wißt, glaubt er, seine Lordschaft wäre ein Stammeshäuptling, der nicht wichtiger oder mächtiger ist als er selbst, und kein Eindringling könne erfolgreich einen Angriff gegen dieses Dorf führen. Natürlich würde er irgendwann herausfinden, daß er sich irrt. Aber Ihr und ich wäret dann trotzdem tot.«

Hoffnungslos. Hoffnungslos. Harpirias wurde klar, daß er sich völlig im Griff der auf falschen Voraussetzung beruhenden Annahme des Königs und von Korinaams standhafter Weigerung befand, dem König die Wahrheit zu sagen.

Er zog sich auf sein Zimmer im Gästehaus zurück, um über die Lage nachzudenken.

Es war eine verrückte Torheit gewesen, Korinaam so lange zu erlauben, dieses dumme Mißverständnis aufrechtzuerhalten. Und was für ein Durcheinander war jetzt daraus entstanden! Um nicht zu sterben, gezwungen zu sein, mit diesem unsinnigen Humbug weiterzumachen und vorzugeben, er sei tatsächlich der gesalbte Herr des Burgbergs – und überdies aufgefordert zu werden, dem König einen Erben zu beschaffen, in dessen Adern sich das königliche Blut von Majipoor mit dem des Häuptlings der Othinor vermischen würde …

Natürlich war es ein Hochverbrechen gegen das Reich, sich als Coronal auszugeben. Von der Begründung, die er für diesen Schwindel hatte, einmal ganz abgesehen, war es völlig undenkbar, überhaupt zu versuchen, es zu erklären. Und doch … und doch …

Lord Harpirias, Coronal von Majipoor!

Er konnte doch behaupten, er habe es aus gutem Grund getan, nicht wahr? Um der Mission willen? Sich so zu verhalten, als wäre er König? In diesem eisigen Reich des Elends einherzustolzieren, als sei er in der Tat der Herr des Burgbergs, als sei er es, der den königlichen Sitz des ruhmreichen Confalume-Throns innehielt, der die sternenbesetzte Krone trug? Wie sollte Toikella je erfahren, daß dem nicht so war?

Nein. Nein. Das war absoluter Unsinn.

Er konnte sich genauso wenig vorstellen, Coronal zu sein, wie er sich vorstellen konnte, alt zu sein. Er war Harpirias von Muldemar, ein junger Mann aus dem Geschlecht der Prestimion, ein kleinerer Prinz der Aristokratie des Burgbergs. Er wollte auch weiterhin Harpirias von Muldemar sein. Damit war er zufrieden. Er hatte keinen darüber hinausgehenden Ehrgeiz. Sich sogar hier, sogar nur befristet, sogar aus einer vermeintlichen diplomatischen Notwendigkeit heraus als Herr der Welt auszugeben, wäre eine groteske Blasphemie.

Er wußte, er mußte den törichten Fehler, zu dem Korinaam ihn gedrängt hatte, berichtigen, bevor das Mißverständnis sich fortsetzen konnte.

Aber wie? Wie?

Er fand keine Antwort, obwohl Harpirias, allein in seiner Kammer, bis spät in den Abend darüber nachdachte.

Dann, sehr spät, erklang eine Stimme an seiner Tür, die Stimme einer Frau, die mit Worten zu ihm sprach, die er nicht verstehen konnte.

»Wer ist da?« rief er. Aber er ahnte es bereits.

Sie sprach erneut. In ihrer Stimme schien ein bittender, eindringlicher Klang zu liegen.

Harpirias ging zur Tür und zog die Lederkrempe beiseite. Ja, sie war es: diejenige, die zuvor zu ihm gekommen war, die junge dunkelhaarige Tochter des Königs. An diesem Abend war sie feierlicher bekleidet, mit einem schönen Mantel aus weißem Fell, ledernen Schnürstiefeln, einem grellen scharlachroten Band, das auf komplizierte Art und Weise in ihr glänzendes Haar gebunden war. Ein spindelförmiger Splitter eines geschnitzten Knochens durchstieß ihre Oberlippe von der einen Seite zur anderen: zweifellos ein Stammesschmuck.

Sie sah verängstigt aus. Ihre Augen waren weit aufgerissen und starr auf ihn gerichtet, und sie zitterte auf eine Weise, die nichts mit der Kälte der Luft zu tun hatte. Ein Muskel in ihrer Wange zuckte rhythmisch. Harpirias stand lange dort, schaute sie an und wußte nicht, was er tun sollte.

»Nein«, sagte er nach einer Weile zu ihr, wobei er versuchte, seine Stimme sanft klingen zu lassen. »Es tut mir wirklich leid. Aber ich kann das nicht. Ich kann es einfach nicht.« Er lächelte traurig, schüttelte den Kopf und deutete zur Tür hinaus. »Verstehst du, was ich sage? Du mußt gehen. Was du von mir verlangst, kann ich dir nicht geben.«

Sie erschauerte auf fast krampfartige Weise. Streckte ihm die Hände entgegen. Sie zitterten.

»Nein«, sagte sie, und zu seinem Erstaunen sprach sie seine Sprache. »Nein ... bitte ... bitte ...«

»Du sprichst Majipoori?«

Anscheinend nicht sehr viel davon. Er hatte den Eindruck, daß sie etwas auswendig Gelerntes aufsagte. »Bitte ... bitte ... ich ... kommen ... rein ...?«

Korinaam hat ihr das beigebracht, dachte Harpirias plötzlich. Das würde ihm ähnlich sehen.

Er schüttelte erneut den Kopf.

»Du kannst nicht hereinkommen. Du darfst nicht hereinkommen. Ich werde auf keinen Fall ...

»Bitte!« In ihrer Stimme lag eine schreckliche Dringlichkeit. Sie schien drauf und dran zu sein, sich ihm zu Füßen zu werfen.

Wie konnte er sie angesichts dessen abweisen? Harpirias seufzte und bedeutete ihr einzutreten. Nur für einen kurzen Augenblick, sagte er sich. Nur ein kurzer Augenblick, mehr nicht.

Das Mädchen stolperte in den eisigen Raum. Ihr Zittern wollte einfach nicht aufhören. Harpirias wollte die Arme um sie legen und ihr Trost spenden. Doch das durfte er sich nicht erlauben. Es war wichtig, Distanz zu halten.

Offensichtlich war ihr geringer Wortschatz in seiner Sprache nun erschöpft. Sie griff auf irgendeine Pantomime zurück, hob die Arme hoch über den Kopf und nahm sie mit breiten, weitausholenden Gesten wieder herunter, wiederholte dies und machte es noch einmal, und noch einmal. Harpirias versuchte, den Sinn ihrer Bemühungen zu verstehen. Etwas Großes. Ein Berg – wollte sie das darstellen? Hatte das etwas mit den beiden toten Tieren zu tun, die von der Felswand ins Dorf hinabgeworfen worden waren?

Sie fuhr mit einer Hand in einer geschwollenen Krümmung von der Stirn bis zu den Knien hinab. Meinte sie damit ihren Bauch? Eine Darstellung der Schwangerschaft, die sie von ihm wünschte? Vielleicht auch nicht. Sie wiederholte die Berg-Geste, dann die des Bauches. Er beobachtete sie, ohne zu begreifen, was sie meinte. Sie öffnete den Mund und zeigte auf ihre Zähne. Dann wieder der Berg. Der Bauch. Und erneut die Zähne.

Harpirias schüttelte den Kopf.

Sie hielt nachdenklich einen Augenblick lang inne. Dann stieß sie die Arme im spitzen Winkel zu Boden, eine Geste, mit der sie anscheinend Größe anzeigen wollte, und marschierte mit steifen Beinen und auf eine komische, ungelenke Weise im Zimmer auf und ab.

Jetzt war er völlig verwirrt. »Ein Tier? Ein großes Tier? Ein Hajbarak?«

»Nein. Nein.« Sie schien über seine Beschränktheit verärgert zu sein. Erneut der Berg, der Bauch, die Zähne. Das ungelenke Marschieren mit steifen Beinen. Und diesmal kapierte er.

Ein wandelnder Berg ... ein dicker Bauch ... und die Zähne ... ein großer, schmerbäuchiger Mann mit ungewöhnlichen Zähnen ...

»Toikella!« rief er.

Das Mädchen nickte zufrieden. Endlich hatte er begriffen.

Er wartete. Sie schien wieder nachzudenken. Dann deutete sie, wie sie es schon getan hatte, als sie zum letztenmal zu ihm gekommen war, auf den Stapel der

Schlaffelle, berührte ihre Brust und reichte Harpirias die Hand. Harpirias wollte ihr erneut erklären, daß er nicht bereit war, mit ihr ins Bett zu gehen. Doch bevor er etwas sagen konnte, führte sie die Toikella-Pantomine erneut vor; und dann blies sie die Wangen auf, verdrehte die Augen – eindeutig eine Darstellung königlichen Zorns – und sprang aufgebracht im Zimmer herum, wobei sie ein imaginäres Schwert oder eine Lanze schwang. Nachdem sie dann von Toikellas Größe wieder auf ihre eigene geschrumpft war, umschlang sie ihren Körper mit beiden Armen und setzte einen ganz glasigen Blick auf. Verletzt. Sterbend.

»Toikella wird dich töten, wenn ich nicht mit dir schlafe?« fragte Harpirias. »Ist es das?«

Sie bedachte ihn mit einem hilflosen, nicht verstehenden Blick. Er versuchte es erneut und sprach diesmal lauter und langsamer. »König ... wird ... dich ... töten?«

Das Mädchen zuckte mit den Achseln und führte noch einmal die gesamte pantomimische Darstellung auf.

»Uns beide töten?« fragte Harpirias. »Nur mich?«

Aber Worte halfen hier nicht. Offensichtlich hatte sie bereits alle Worte seiner Sprache ausgestoßen, die sie verstand, alle vier oder fünf.

Sie flehte ihn mit Blicken an. Sie betrachtete ihn verzweifelt und schaute dann zu dem Fellstapel. Bot sich ihm erneut an.

Harpirias wurde klar, daß er das Wesentliche ihres qualvollen Rätselspiels wahrscheinlich richtig verstanden hatte. Ihr Vater, der König, hatte ihr befohlen, einen königlichen Erben zu gebären. Mit weniger würde er sich nicht zufriedengeben. Falls Harpirias sie fortschickte, wie er es schon einmal getan hatte, würde Toikellas Zorn sich zu mörderischer Weißglut erhitzen.

Ob er nun das Mädchen töten würde, oder Harpirias oder alle beide, bekam er nicht von ihr heraus. Aber es spielte auch keine Rolle. Es war klar, daß irgendeine Gewalt daraus entstehen würde, wenn er nicht dem blinden Beharren des Königs nachgab.

Gefangen zwischen den zynischen Lügen, die Korinaam erzählt hatte, und den dynastischen Erwartungen König Toikellas, sah Harpirias ein, daß ihm keine Wahl blieb.

»Na schön«, sagte er zu ihr. »Wenn dein Vater es unbe dingt will, mache ich dir einen kleinen Prinzen.«

Er erwartete nicht, daß sie seine Worte verstand, und sie tat es auch nicht. Doch als er sie sacht am Handgelenk faßte und sie zu dem Fellager zog, leuchteten ihre Augen mit augenblicklicher Einsicht auf. Eine Art Leuchten legte sich auf ihr Gesicht, das sie fast attraktiv wirken ließ.

Nicht, daß sie besonders abstoßend gewesen wäre. Stämmiger und muskulöser, als er es bei einer Frau eigentlich mochte, und ihre Sauberkeit war vielleicht auch etwas mangelhaft, und wenn sie lächelte, störten ihn die dunklen Stellen in ihrem Mund, wo Schneidezähne fehlten. Aber ... auch so ...

Er war nie ein herausragender Verfechter moralischen Anspruchsdenkens gewesen. Zu seiner Zeit hatte Harpirias mehr als nur ein paar junge Frauen umarmt, deren Benehmen und Aussehen am Hof des Coronals Stirnrunzeln hervorgerufen hätte. Dieses lachende, rothaarige Tanzmädchen vor langer Zeit in

Bombifale etwa, die mit den feurigen Augen und der heiseren, schrillen Stimme einer Fischhändlerin … oder die Jongleuse mit den schlanken Beinen in dem Erholungsort Hoch-Morpin, die wie ein Matrose fluchen konnte … oder gar diese großspurige Jägerin mit den breiten Hüften, der er begegnet war, als er allein durch die Hinterwälder von Normork gewandert war, und die ihm, als er achtzehn Jahre alt gewesen war, ein paar Kniffe gezeigt hatte, die ihm nie in den Sinn gekommen wären …

Es hatte andere gegeben. Mehr als nur ein paar, ganz bestimmt. Wenn er nun gezwungen wurde, ein dunkles Barbarenmädchen mit schmutzigem Gesicht auf die Liste zu setzen … nun, dann sollte es so sein. Diplomaten müssen alle möglichen ungewöhnlichen Dinge tun, um ihre Pflicht erfüllen zu können, sagte Harpirias sich erneut. Und seine Mission würde wahrscheinlich scheitern, wenn er auf seiner zimperlichen Weigerung beharrte, Toikellas Wünschen in dieser Hinsicht nachzukommen. Daher konnte er es als seine berufsmäßige Pflicht ansehen, dem König entgegenzukommen. Und wenn er auch nicht der Coronal war, wie Toikella anscheinend unbedingt glauben wollte, so traf es in der Tat zu, daß das Blut von Coronals in seinen Adern floß. Der König würde sich damit zufriedengeben müssen.

So sei es. So sei es.

Harpirias öffnete den Mantel aus weißem Fell und hielt ihn, während das Mädchen hinausschlüpfte.

Sie war darunter nackt. Ihr Körper war schlank und straff, mit kleinen, festen Brüsten und schön gerundeten Hüften. Anscheinend hatte sie sich von Kopf bis Fuß mit irgendeinem Zeug eingeölt – konnte es Hajbarak-Fett sein, fragte er sich –, das sie glatt und angenehm schlüpfrig machte und bis zu einem gewissen Ausmaß den Geruch ihrer ungewaschenen Haut verbarg.

Sie sanken gemeinsam auf den Fellstapel nieder. Harpirias schlängelte sich schnell in die Mitte des Haufens, denn in dem Raum mit den Eiswänden war es für ihn viel zu kalt, als daß er seinen unbekleideten Körper sehr lange der Luft aussetzen konnte. Obwohl das Mädchen anscheinend lieber auf dem Stapel als darin gelegen hätte, schien sie sein Bedürfnis zu verstehen und folgte ihm nach einer Weile hinein. Sobald sie fast völlig von Fellen bedeckt waren und Seite an Seite behaglich nebeneinander lagen, lachte sie, drückte ihre Hand auf seine Brust, rollte sich herüber und drückte ihn hinunter, so daß sie oben liegen konnte.

»So magst du es also? Na schön. Was immer du willst.«

Sie grinste zu ihm hinab. In ihren Augen lag ein ausgelassenes Funkeln, als wäre dies nur ein Spiel für sie. Harpirias fragte sich, wie alt sie sein mochte. Zwanzig? Vielleicht jünger. Fünfzehn? Er konnte es nicht sagen.

Er versuchte, sie zu küssen, aber sie wandte den Mund ab. Das entsprach anscheinend nicht ihren Gebräuchen. So sei es, dachte Harpirias. Der kleine Splitter aus geschnitztem Knochen, der in ihrer Oberlippe steckte, hätte sowieso Schwierigkeiten verursacht.

Sie sagte etwas in ihrer Sprache zu ihm. »Ich verstehe dich nicht«, erwiderte er. Sie lachte und sagte es erneut. Othinor-Worte der zärtlichen Leidenschaft?

Irgendwie bezweifelte er das. Vielleicht verriet sie ihm nur ihren Namen?

»Harpirias«, sagte er. »Ich heiße Harpirias. Wie heißt du?«

Sie kicherte. Sagte erneut etwas, ein einzelnes Wort, das sie einen Augenblick später wiederholte. Vielleicht war es etwas von Bedeutung, aber er verstand den Sinn natürlich nicht.

»Shabilikat?« fragte er.

Sein Versuch, das Mädchen nachzuahmen, ließ es wild und laut auflachen.

»Shabilikat«, wiederholte er. »Shabilikat.«

Es schien sie außerordentlich zu amüsieren, daß er das Wort wiederholte. Doch als er es noch einmal versuchen wollte, legte sie die Hand auf seinen Mund. Und einen Augenblick später schlang sie ihre starken Schenkel um seine Taille und setzte sich rittlings in einer Art und Weise auf ihn, die ihm den Drang nahm, weitere Konversationsversuche zu betreiben.

Es war eine lange Nacht, und eine aktive, und sie war viel angenehmer, als Harpirias erwartet hatte, obwohl die Einzelheiten einem Mann, der an die eleganteren Frauen der Aristokratie von Majipoor gewöhnt war, sehr seltsam vorkam. Doch er gewöhnte sich schnell an ihr kraftvolles, aktives Liebesspiel, ihre begierig packenden Hände, die heftigen Stöße, die kräftigen, lauten Ausbrüche von Ausgelassenheit in den – wie es ihm vorkam – unpassendsten Momenten. Sie schien unersättlich zu sein. Doch Harpirias machte dies nach langen, ungebrochenen Monaten der Enthaltsamkeit nicht die geringsten Schwierigkeiten.

Irgendwann flogen die Felle, mit denen er sie beide

bedeckt hatte, zur Seite, doch er bemerkte die Kälte kaum. Schließlich – er hatte keine Ahnung, wie viele Stunden später es war – fiel er plötzlich in den tiefsten und dunkelsten Schlaf, fiel wie in einen Brunnen. Und als er viel später erwachte, stellte er fest, daß sie ihn wieder mit den Fellen bedeckt hatte, während er schlief, und aus seinem Raum geschlüpft war, ohne ihn zu wecken.

Er konnte natürlich nicht wissen, ob er in dieser Nacht tatsächlich einen kleinen Prinzen für Toikella gezeugt hatte. Doch sollten die Bemühungen fehlgeschlagen sein, sagte er sich, nun ja, dann wäre er durchaus bereit, es ein weiteres Mal zu versuchen.

KAPITEL 10

Am nächsten Tag war der König in einer viel besseren Stimmung als am vergangenen. Er begrüßte Harpirias am Eingang des Thronraums mit Umarmungen und einem Gebrüll herzlicher Zuneigung. Dann folgte ein anzügliches Grinsen, ein Blinzeln, Kichern und Stupsen, das Harpirias vor Verlegenheit zusammenzuckte. Offensichtlich hatte Toikella von dem Mädchen einen ausführlichen Bericht erhalten und war über das, was er gehört hatte, sehr zufrieden.

Doch er weigerte sich noch immer, mit Harpirias über bestimmte Einzelheiten zu verhandeln. Er war in der Tat, wie Korinaam es gesagt hatte, ein Mann, der sich nicht gern drängen ließ.

Harpirias ließ den Gestaltwandler eine taktvoll formulierte Bitte um ein Gespräch über das Wohlergehen der Geiseln stellen. Toikellas Antwort war kühl und knapp, und sogar Harpirias konnte sagen, daß Toikella ablehnte.

Er schaute Korinaam an. »Er hat nein gesagt, nicht wahr?«

»Der König möchte Euch versichern, daß alles, woran Euch liegt, in Ordnung kommen wird, bekräftigt aber, daß dies nicht der richtige Zeitpunkt ist, darüber zu sprechen. Er wird in drei Tagen auf einen Jagdausflug gehen, und es würde ihm Unglück bringen, vor seiner Rückkehr wichtige Angelegenheiten zu behandeln.«

»Und wie lange wird dieser Ausflug dauern? Eine Woche? Einen Monat?«

»Zwei Tage. Einer für den Aufstieg, einer für die Rückkehr. Vielleicht ein dritter Tag, wenn die Tiere sich rar machen.«

»Bei der Lady! Wenn das so weitergeht, werden wir *nie* ...«

»Ihr seid eingeladen, ihn zu begleiten«, fuhr Korinaam glatt fort. »Ich rate Euch zu akzeptieren. Die königliche Mittsommer-Jagd ist ein hohes, heiliges Fest dieses Volkes, und er erweist Euch mit dieser Einladung eine große Ehre.«

»Nun, denn«, sagte Harpirias etwas besänftigt. Aber all diese Verzögerungen waren trotzdem lästig.

In der restlichen Zeit des Treffens an diesem Morgen wurden Pläne für den Jagdausflug geschmiedet. Als er und Korinaam danach zum Gästehaus zurückgingen, sagte Harpirias: »Du hast diesem Mädchen beigebracht, Worte wie ›bitte‹ und ›ich komme rein‹ zu sagen, nicht wahr?«

»Ich hatte den Eindruck, daß die Situation gefährlich war. Sie brauchte meine Hilfe.«

»Gefährlich für wen?«

»Der König war sehr ärgerlich darüber, daß es ihr an diesem ersten Abend nicht gelungen ist, Euch zu verführen. Er hat es fast als Verrat ihrerseits angesehen. Es ist immer gefährlich, den Groll eines barbarischen Königs auf sich zu ziehen.«

»Und du glaubst, er hätte sie getötet, hätte ich ihr nicht erlaubt ...«

»Die Möglichkeit bestand. Es kam mir am klügsten vor, das Risiko nicht einzugehen. Der König war entschlossen, seinen Willen durchzusetzen. Hätte dies keinen Erfolg gehabt, hätte er lediglich eine andere Frau zu Euch geschickt.«

»Damit hast du zweifellos recht«, sagte Harpirias. Als sie dann ein paar Schritte weitergegangen waren, kam ihm et was anderes in den Sinn, und er fragte den Metamorphen: »Kennst du zufällig die Bedeutung des Othinor-Wortes ›shabilikat‹?«

»Was?«

»›Shabilikat‹«, wiederholte Harpirias. »Zumindest hat es so ähnlich geklungen. Sie hat das Wort gesagt, als sie und ich gerade ... nun ja ...«

»Sagt es noch einmal.«

Harpirias sprach es erneut aus, klarer und deutlicher. Korinaam schien ihn zuerst wieder nicht zu verstehen. Dann fing er an zu lachen, was bei ihm wirklich nicht alltäglich war. Das Gelächter begann als leises, innerliches Kichern, wurde aber schnell zu einem schallenden Grölen.

»Also ist es etwas Komisches?«

»Eigentlich etwas Obszönes. So ... schrecklich ... schmutzig ...« Korinaam schien von dem Wort förmlich elektrisiert zu sein. »Natürlich habt Ihr es ganz scheußlich ausgesprochen. Es heißt eher ...« Und er brachte etwas über die Lippen, das dieselbe Anzahl von Silben hatte, aber eine unmögliche Anordnung zungenbrecherischer Konsonanten besaß. »Klang das, was sie sagte, eher so?«

»Wahrscheinlich. Was bedeutet es?«

Korinaam zögerte. Er kicherte auf eine Weise, die in Harpirias den Wunsch aufkommen ließ, ihm ins

Gesicht zu schlagen. »Ich kann es nicht laut aussprechen. Es ist zu schrecklich.«

»Komm schon. Du bist kein Kind mehr, Korinaam. Sei mir gegenüber nicht so schüchtern!«

»Ich bitte Euch, Prinz ...«

»Und ich befehle es dir.«

»Die Kenntnis dieses Wortes ist von keiner Bedeutung für Eure diplomatische Arbeit.«

»Woher willst du das wissen? Ich möchte, daß du mir sagst, was es bedeutet.«

Korinaams Stirn wurde vor Verlegenheit hellgrün. Er unterdrückte einen weiteren Kicheranfall. »Es bedeutet ... grob übersetzt«, sagte er dann, wobei er die Worte unter großer Anstrengung hervorbrachte, »›das Tor meines Körpers steht dir offen‹. Eine weibliche Ansprache an einen männlichen Zuhörer. Männer und Frauen benutzen hier unterschiedliche Verbformen.«

Jetzt begriff Harpirias, warum das Mädchen so erheitert gewesen war, als er die Worte wiederholt hatte. Es war einfach ein grammatikalischer Fehler, wenn ein Mann eine weibliche Sprachform benutzte. Aber wo war der Schmutz, den Korinaam in dem Wort sah? Das Tor ihres Körper *war* ihm geöffnet. Sie beschrieb einfach die Situation, wie sie in diesem Augenblick war. Und falls er unwissend die falsche Verbform benutzt hatte, als er ihre Worte wiederholte ... nun ja, niemand konnte von ihm erwarten, die Feinheit der Grammatik der Othinor zu verstehen.

Er bedachte den Gestaltwandler mit einem verwirrten Blick. Korinaam hatte den Kopf von ihm abgewandt und schaute verlegen zu Boden.

»Ich sehe nichts Obszönes in dieser Redewendung«, sagte er. »Ja, vielleicht ist sie erotisch, aber nicht obszön.«

»Das Bild ... die Vorstellung, der Körper habe ein Tor ...« Korinaam konnte nicht fortfahren.

»Aber er hat doch eins. Zumindest der weibliche Körper. Erkläre mir, warum irgend jemand – besonders eine Wilde wie sie, die unkompliziert und nicht verdorben von den Absurditäten der Zivilisation ist – in einer einfachen und anatomisch anschaulichen Metapher eine Obszönität sehen sollte?«

»Wahrscheinlich sieht sie darin gar keine«, sagte Korinaam. Harpirias hatte ihn noch nie gesehen, daß er so unbehaglich dreinschaute. »*Ich* hingegen schon. Könnten wir jetzt vielleicht über etwas anderes sprechen, Prinz?«

Erneut wurde Harpirias daran erinnert, wie überaus fremdartig sein Reisegefährte in Wirklichkeit war. Ja, sie mochten überall auf Majipoor die politische Gleichberechtigung haben; ihre Königin wurde offiziell als Autorität im Reich angesehen, als eine der fünf Mächtigen; nichtsdestotrotz waren sie anders, anders in einer Hinsicht, die man nicht einmal erahnen konnte, eine Spezies, deren seltsam geschmeidige Körper nach einzigartigen Grundsätzen funktionierten und deren Verstand ... deren Verstand, dachte Harpirias, die einfache Vorstellung, der weibliche Körper habe eine Öffnung, als üble Obszönität betrachtete.

Wie verkehrten Metamorphe geschlechtlich miteinander? fragte er sich.

Harpirias wurde klar, daß er es nicht wußte. Und gar nicht wissen wollte.

Er trennte sich vor dem Gästehaus von Korinaam,

blieb eine Weile auf dem Platz stehen und schaute zum Himmel hinauf. Er hatte sich in ein dunkles, metallisches Grau verfärbt und sah aus wie eine Platte aus kaltem Eisen. Ein paar Schneeflocken trieben langsam durch die Luft.

Ein Sturm zog auf, und es fing zu schneien an, obwohl dies der Vorabend des hochsommerlichen Jagdfests war! Während Harpirias zuschaute, nahm die Stärke des Schneefalls spürbar zu. Eine dünne weiße Schicht bedeckte bereits das alte und dunkel gewordene Eis des Platzes. Hochsommer! Hochsommer! Harpirias spürte, wie die harten, kleinen Flocken auf seine Wangen fielen als er den Kopf nach oben richtete. Wie seltsam das alles ist, dachte er. Wohin er auch schaute, er fand sich inmitten von Kuriositäten. Sollte er je von diesem Ort zurückkehren, hatte er in der Tat eine Geschichte zu erzählen.

In dieser Nacht kam das Mädchen erneut zu ihm. Nach ergiebigem Schneefall hatte es mittlerweile aufgehört zu schneien. Jungen mit Strohbesen waren auf dem Platz und räumten die Stellen frei, an denen hohe Verwehungen den Zugang zu den Häusern blockierten.

Harpirias hatte beim Abendessen von Korinaam in Erfahrung gebracht, wie man in der Sprache der Othinor »Wie heißt du?« sagte, und erkundigte sich nach ihrem Namen, als sie kam.

»Ivla Yevikenik«, sagte sie.

Er zeigte auf sie und wiederholte es. Sie nickte und tippte auf ihre Brust. »Ivla Yevikenik«, sagte sie erneut.

»Harpirias«, sagte er und deutete auf sich.

»Harpirias.«

Soviel hatten sie also schon mal erreicht.

Sie schien zu glauben, nur weil er einen Satz in ihrer Sprache beherrschte, könnte er sie nun fließend sprechen. Ein Sturzbach verwirrenden Geschnatters kam über ihre Lippen, und er konnte ihm nur Einhalt gebieten, indem er lachte und mit den Fingerspitzen gegen seine Schläfen tippte, als wolle er sagen, dahinter sei nur Leere. Sie schien dies zu verstehen. Aber sie wollte sich trotzdem unterhalten. Eine geraume Weile bemühten sie sich zu kommunizieren, und jeder erklärte dem anderen ein paar Worte, ohne irgend etwas damit zu erreichen. Schließlich aber gaben sie auf und gingen zum Fellstapel.

Als Harpirias gerade in sie eindringen wollte, murmelte sie erneut das Wort, das er als »Shabilikat« verstand. Diesmal wiederholte er es nicht.

Als sie danach nackt und keuchend nebeneinander lagen und darauf warteten, daß seine Manneskraft zurückkehrte, begann sie wieder mit ihm zu sprechen, sanft, fast zärtlich. Liebkosungen, dachte er. Oder vielleicht Floskeln der Dankbarkeit für seine Bereitschaft, Toikellas Forderungen nachgegeben zu haben. Harpirias wurde deshalb ein wenig unbehaglich zumute. Ihre Dankbarkeit wollte er nicht.

Das Mädchen ist wirklich ziemlich attraktiv, sagte er sich. Ich tue damit nur mir selbst einen Gefallen.

Stimmte das? Eigentlich nicht, wußte er. Aber er hätte sehr gern gehabt, daß dem so sei.

Mitten in der Nacht bestand sie darauf, mit ihm auf den Platz zu gehen. Das kam ihm zwar verrückt vor, doch es bestand nicht der geringste Zweifel an ihrer Absicht, denn sie stand auf, kleidete sich an und hielt ihm seine Kleidung mit der eindeutigen Aufforderung hin, er solle sie anlegen. Dann nahm sie ihn an der Hand und führte ihn aus dem Gebäude.

Draußen war alles still. Die Nacht war klar und kalt. Am Himmel waren drei kleine Monde und das helle Funkeln der Sterne zu sehen. Sie führte wieder eine Pantomime auf, immer und immer wieder dieselben Gesten; sie deutete auf die Wand der Schlucht, trippelte dann auf Zehenspitzen, als wolle sie sie überqueren, und allmählich dämmerte es Harpirias, daß sie ihn bat, ihr die Welt jenseits dieser großen Steinbarriere zu beschreiben.

Einer der Besen, mit denen die Jungen den Platz gefegt hatten, lag in der Nähe. Er ergriff ihn und zeichnete mit dem Ende des Stiels eine Karte von Majipoor in den frisch gefallenen Schnee, die beiden Hauptkontinente nebeneinander, mit der Insel der Lady zwischen ihnen und dem sonnenversengten Kontinent Suvrael darunter.

Verstand sie, was er gezeichnet hatte? Wie konnte er es ihr erklären?

»Hier sind wir«, sagte er und deutete mit dem Besenstiel auf die nordöstliche Spitze von Zimroel. Er sprach mit übertriebener Genauigkeit, als würde dies ihr Verständnis erleichtern. »Die Khyntor-Marschen, so nennen wir dieses Gebiet.« Er schaute sie an, um festzustellen, ob sie den Namen erkannt hatte, doch ihr Gesicht zeigte nur große Neugier, kein Verständnis. Er formte mit den Händen einen Grat aus Schnee, um die Bergkette anzudeuten, die die Marschen vom Rest des westlichen Kontinents trennte.

»Hier unten«, sagte er, »ist die Stadt Ni-moya. Eine große, große, *große* Stadt. Viele, viele Millionen von Menschen.« Er kam sich wie ein Idiot vor, als er so mit ihr sprach. Dann zeichnete er den Fluß Zimr ein, der von Westen nach Osten durch das obere Drittel des Kontinents verlief, und steckte den Griff an der Flußmündung in den Schnee, um die Stadt Piliplok einzuzeichnen. »Meereshafen«, sagte er. »Sehr groß. Hier leben viele Skandars.« Harpirias versuchte, ein Wesen mit vier Armen darzustellen. »*Skan-dars.* Und dieser Fluß hier, der sich vom Süden nähert – das ist der *Steiche*. Hier leben Metamorphen, in den Dschungeln. Du kannst dir nicht vorstellen, was ein Dschungel ist, oder? Sehr heiß. Die ganze Zeit über Regen. Große Bäume. Von hier stammen die Metamorphe. Leute wie Korinaam. *Meta-morphe. Kori-naam.*«

Sinnlos. Lächerlich.

Doch indem sie nickte und eifrig grinste, ermunterte sie ihn, die Geographiestunde fortzusetzen. Er zeichnete weitere große Städte Zimroels ein, so gut er sich von seiner Schulzeit her daran erinnern konnte, Pidruid und Til-omon und Narabal drüben an der Westküste, und Dulorn mehr oder weniger dort, wohin es gehörte, im Landesinneren, sowie ein paar weitere Städte. Dann trat er zu dem anderen großen Kreis hinüber, den er gezeichnet hatte und der den Kontinent Alhanroel darstellte, kniete im Schnee nieder und schaufelte eine Menge davon zusammen, um den Burgberg darzustellen.

»Hier wohne ich«, sagte er. »Großer, großer Berg, *so* hoch, ein gewaltiger Berg, der bis zu den Sternen reicht, Städte auf all seinen Seiten. Burg auf der Spitze. *Burg.* Die Burg des Coronals. *Coro-nal.* König der Welt. Lord Ambinole, der Coronal von Majipoor.«

Allmählich begann er in dieser schönen Sommernacht zu frieren. Seine Ohren und die Nasenspitze brannten. Aber er war entschlossen, mit dieser Geographiestunde nicht aufzuhören, solange sie ihm Aufmerksamkeit schenkte, und Ivla Yevikenik schenkte ihm eindeutig Aufmerksamkeit, starrte ihn entzückt und versunken an. Harpirias stach immer wieder mit dem Besenstiel zu, zeichnete den Fluß *Glayge* mit dem Labyrinth des Pontifex an seinem südlichen Ende ein, die Städte *Alaisor*, *Treynone* und *Stoien*, und die uralten Steinruinen, die einst die Hauptstadt der Metamorphen gewesen war, Velalisier. Und er hätte bis zum Morgen weitergemacht, hätte alles benannt, was es zu benennen gab, jede einzelne der fünfzig Städte und noch viel mehr, wäre sie nicht ein paar Minuten später zu ihm gekommen und hätte ihre Wange an seiner Schulter gerieben. Sie hatte jetzt genug von der Geographie.

»Shabilikat«, sagte sie und führte ihn hinein.

KAPITEL 11

Der Pfad zu den heiligen Jagdgründen begann direkt hinter dem königlichen Palast und führte in fünf scharfen Biegungen zu einer tiefen Seitenspalte in der Bergwand hinauf, die von unten nicht zu sehen war. Von dort aus schlängelte er sich gemächlich immer höher, bis der Rand der Schlucht in Sicht kam. Er ähnelte dem Weg zu der Höhle, in der die Geiseln gefangengehalten wurden, war rauh, felsig und schmal, jedoch nicht ganz so steil. Harpirias kam er bei weitem nicht so schwierig vor, obwohl der Schnee, der vor ein paar Tagen gefallen und zum größten Teil noch nicht geschmolzen war, den Aufstieg schwieriger machte, als es sonst der Fall gewesen wäre.

Die Jagdgruppe hatte zwölf Mitglieder. Toikella ging voraus, mit dem Hohepriester Mankhelm neben sich, gefolgt von sechs stämmigen Dörflern, die Jagdgeräte und irgendwelche königlichen Insignien in einer lackierten Holzkiste trugen. Harpirias hatte Korinaam dabei, der ihm als Dolmetscher dienen sollte, und auch die Erlaubnis bekommen, zwei der Skandars mitzunehmen, angeblich als Träger, obwohl sie nichts für ihn zu tragen hatten.

Dieser Teil des Randes der Schlucht war höher und

unregelmäßiger geformt als der, den Harpirias zuvor erklommen hatte. Statt in einem flachen, breiten Gipfel zu enden, schien er zu einer Reihe noch höherer Kämme zu führen, die sich immer weiter nach Norden ausdehnten – gewissermaßen ein zerklüftetes, abgeschrägtes Plateau, zweifellos der Weidegrund der Tiere, die der König jagen wollte.

Sie rasteten lange an dem Übergangspunkt der eigentlichen Schluchtwand, dort, wo sie nicht mehr in einer geraden Linie emporstieg, sondern flacher wurde und dann der nächste ungleichmäßige Anstieg in nördliche Richtung begann. Von hier aus konnte man das Dorf gerade noch tief unter sich sehen, von nun an würde es aber vor ihren Blicken verborgen sein.

Der König legte seine Umhänge ab und stand nackt da, ohne daß die Kälte ihm offensichtlich etwas ausmachte, und schaute schweigend zu, während Mankhelm eine lange Reihe von Ritualen durchführte. Der Priester legte ernst Zweige und getrocknete Grasbüschel und kleine Stückchen bunten Leders in bestimmten Mustern auf den Boden und zündete sie an. Dann errichtete er drei kleine Häufchen aus Kieselsteinen und flüsterte ihnen etwas zu. Schließlich öffnete er einen Krug mit Bier – vielleicht auch einer stärkeren Flüssigkeit – und verspritze es in alle vier Himmelsrichtungen.

Der Höhepunkt des Rituals kam, als einer der Träger eine Felldecke aufrollte, die mit einer dicken Lederschnur zusammengebunden war, und daraus einen Speer von erstaunlicher Länge und Dicke hervorzog, der mit einer großen, dreieckigen Spitze aus einem glasartigen weißen Stein versehen war, die rasiermesserscharf geschliffen war. Er gab die große Waffe an Mankhelm weiter, der sie in einer bedeutungsschwangeren Geste mit beiden Händen hochhob und Toikella reichte. Während Harpirias erstaunt zusah, schwang der nackte König den riesigen Speer hoch über seinem Kopf, schüttelte ihn dreimal heftig, als wolle er damit die Götter einschüchtern, und stieß einen langen, grollenden Kriegsschrei aus, der mit solcher Kraft durch die Berge hallte, daß Harpirias schon damit rechnete, Felsen und ganze Klippen würden um sie herum zusammenstürzen.

Das ist Majipoor, dachte Harpirias, im dreizehnten Jahr der Amtszeit des Pontifex Taghin Gawad!

Das Echo von Toikellas Schrei erstarb. Der König legte seine Robe wieder an; die Träger nahmen den Zeremonienspeer und legten ihn in seine Fellhülle; der Hohepriester Mankhelm trat die Kieselhäufchen auseinander und stieß den Fuß in die verkohlten Überreste der Zweige und Grasbüschel. Welches Ritual auch immer hier durchgeführt worden war, es war offensichtlich beendet. Es hatte den Anschein, daß sie nun bereit waren, mit der eigentlichen königlichen Jagd zu beginnen.

»Seht doch«, sagte Eskenazo Marabaud.

Der Skandar deutete auf einen fernen, hohen Grat. Harpirias legte die Hand an die Stirn, um die Augen vor dem grellen Licht des Himmels abzuschirmen, doch sie waren nicht so scharf wie die Eskenazo Marabauds, und er konnte dort oben nichts Ungewöhnliches ausmachen.

König Toikella hingegen, der ebenfalls in die Richtung schaute, in die der Skandar zeigte, schien etwas zu sehen. Er stand in einer eigenartig starren Haltung da, die Beine weit gespreizt, den Kopf zurückgeworfen, und betrachtete den Grat mit scharfer Konzentration. Nach einem Moment löste sich ein langer, erstickter Wutschrei aus seiner Kehle.

»Was siehst du?« fragte Harpirias den Skandar.

»Gestalten. Sie bewegen sich. Genau auf dem Bergrücken.«

»Ich sehe sie nicht.«

»Dann schaut genauer hin, Prinz. Dort. Dort, sie kommen diesen Grat hinab.«

Harpirias starrte hinüber, konnte jedoch nur umgestürzte Felsmassen ausmachen. Er warf einen Blick zu Korinaam. Der Gestaltwandler schaute genauso eindringlich zu dem hohen First wie der König, und er zitterte. Seine Hände hielt er nervös hinter seinem Rücken verschlungen, und seine Arme wanden sich von den Schultern bis zu den Gelenken und zuckten wie erregte Schlangen.

Dann endlich machte Harpirias aus, was die anderen sahen: eine dunkle Linie winziger Gestalten, vielleicht acht oder zehn davon, die wie böse Zwerge aus beschirmten Spalten in dem aufgerissenen Gestein des Kamms auftauchten und zu einer Art natürlichem Amphitheater direkt unter der höchsten Erhebung hinaufstiegen. Nun war es leichter, sie zu erkennen: Es waren langgliedrige, schlanke Wesen von fast spinnenhaftem Körperbau – ein krasser Gegensatz zu den untersetzten Othinor.

Toikella schüttelte ihnen seine geballten Fäuste entgegen und brummte etwas.

»Was sagt er?« fragte Harpirias den Gestaltwandler.

»Er sagt: ›Feinde ... Feinde ...‹«

»Glaubst du, es sind diejenigen, die die toten Hajbaraks ins Dorf geworfen haben?«

»Könnte sein«, sagte Korinaam. »Woher soll ich das denn wissen?« Seine Stimme klang schwach und entfernt, und er sprach, ohne den Blick von den Gestalten auf dem Bergkamm zu wenden. Seine Hände waren noch immer hinter dem Rücken verschränkt, und er hatte noch nicht aufgehört zu zittern.

Nun riß sich der erzürnte König aus seiner Erstarrung. Er bedeutete den anderen Othinor, ihm zu folgen, und setzte zu einem wilden Aufstieg an. Hier gab es keinen Pfad mehr, nur einen breiten, steilen Hang, der mit Felsen, Kieseln und gelegentlichen Findlingen bedeckt war. Toikella torkelte, schlitterte und kroch durch flache Öffnungen im Stein hinauf und rutschte dabei oftmals wieder zurück. Er bewegte sich wie jemand, der von dunklen Geistern besessen war. Es hatte den Anschein, als wolle er die unbefugt auf seinem Gebiet Weilenden mit bloßen Händen erwürgen und vom Berg werfen. Mankhelm und die Othinor-Träger kämpften sich nicht weit hinter ihm hinauf.

Harpirias hatte keine andere Wahl, als mit ihnen zu klettern. Es wäre äußerst unklug gewesen, sich in diesen Bergen von der königlichen Jagdgruppe zu trennen.

Als er etwa einhundert Fuß hinaufgestiegen war, drehte er sich um und sah, daß Korinaam ihn nicht begleitet hatte. Der Metamorph stand noch immer bewegungslos unten, wie jemand, der sich in Träumen verloren hatte, und spähte zu den Gestalten auf dem fernen Grat hinauf.

»Korinaam?« rief Harpirias ihm wütend zu. »Korinaam! Bleib bei mir!«

»Ja ... ich komme ... ich komme schon.«

Harpirias wartete, bis er ihn eingeholt hatte. Die Skandars waren bereits vorausgegangen.

Von hier oben hatte er einen besseren Blick auf die Geschöpfe auf dem oberen Grat. Sie reihten sich nun in einer Linie auf dem Gebirgskamm auf und hatten einen verrückten Tanz angefangen: Sie warfen die Köpfe von einer Seite zur anderen, schlenkerten ihre langen, schlanken Arme und rissen die Knie hoch – ein hektischer Teufelstanz des offensichtlichen Hohns und der Verachtung. Sie forderten Toikella heraus, zu ihnen zu kommen und sie zu holen.

Doch der König hatte nicht die geringste Aussicht, sie zu erreichen. Als er ein kleines Stück höher geklettert war, sah Harpirias, daß ein steiler, verborgener Abhang diesen Kamm von dem höheren trennte. Toikella und seine Männer hatten ihn erreicht und schickten sich an, ihn hinabzuklettern, doch er war so steil, daß sie wohl den ganzen Tag brauchen würden, um auf dieser Seite hinab und auf der anderen wieder hinauf zu steigen. Und es war unwahrscheinlich, daß ihre Beute so lange auf sie warten würde.

In der Tat kehrten die Othinor bereits zurück. Mit ernsten und müde wirkenden Gesichtern kamen sie langsam in Sicht. Zuerst waren die Köpfe, dann die Schultern und die Oberkörper zu sehen, als sie aus der Kluft stiegen.

Harpirias schaute erneut zu den Tänzern auf dem hohen Grat hinüber. Sie waren verschwunden; zumindest hatte er zunächst diesen Eindruck. Doch dann erblickte er sie ein Stück links von ihrem bisherigen Standort. Sie hoben sich deutlich vom hellen Himmel ab, während sie über den schmalen Gebirgsgrat hasteten.

Aber was war das? Er war überzeugt, daß sie auf allen vieren liefen, wie Wölfe es getan hätten. Und doch hatten sie noch einen Augenblick zuvor unverkennbar menschliche Gestalt gehabt.

Eine Schar von Gestaltwandlern? Hier?

»Was meinst du, Korinaam? Waren das welche von deinem Volk? Leben in diesen Bergen Piurivar?«

Aber Korinaam zuckte nur mit den Achseln, schüttelte den Kopf und gab keine Antwort. Die Identität der Geschöpfe auf dem Grat war ihm im Moment anscheinend völlig gleichgültig. Er wirkte erschöpft vom Klettern. Seine Augen waren glasig, die schmalen Schultern eingefallen, sein Atem ging krächzend und stoßweise.

In den nachfolgenden Stunden wurden die geheimnisvollen Wesen nicht mehr auf dem Grat gesichtet. Sie hatten sich gezeigt, ihren spöttischen Tanz aufgeführt und waren verschwunden. Doch den gesamten Rest des Tages über warf der seltsame Zwischenfall einen langen Schatten auf die königliche Jagd. Toikella ging in frostigem Schweigen voraus, schritt den ersten Kamm hinauf, den nächsten hinunter und schien sich in einem ureigenen Reich des wütenden Nachdenkens verloren zu haben. Auch die anderen Othinor sprachen kein einziges Wort. Begleitet von Korinaam und den Skandars trottete Harpirias hinter ihnen her, ohne zu begreifen, was geschehen war.

Auf den flachen Ebenen zwischen den Bergkämmen konnte man Tiere sehen – schwarze, zottige Geschöpfe, anscheinend von beträchtlicher Größe, die gemächlich über die Felsebenen zogen und an den spärlichen Flecken des stoppligen graugrünen Grases nagten. Waren das Hajbaraks? Korinaam wußte es nicht genau, und die Othinor blieben verdrossen unkommunikativ. Auf jeden Fall waren die Wesen weit außerhalb ihrer Reichweite und zogen sich noch weiter zurück, als Toikella sich ihnen näherte.

Die Luft wurde im Verlauf des Tages immer kühler und schließlich richtig frostig. Das öde Bergland war grau und freudlos. Harpirias spürte, daß sein Elan von Stunde zu Stunde nachließ. Diese Jagd ließ sich nicht mit denen vergleichen, an denen er auf dem Burgberg teilgenommen hatte. Jene waren ein freudiger Zeitvertreib gewesen, das hier war ein trostloser, langweiliger Marsch.

Allmählich bekam er den Eindruck, daß die heilige Jagd mehrere Tage oder vielleicht sogar noch länger dauern würde. Das waren in der Tat düstere Aussichten.

Doch gegen Abend stürmte ein unvorsichtiges Tier direkt in die Mitte der Jagdgruppe. Es war ein zerzaust aussehendes graues Geschöpf von nur mittlerer Größe, mager, mit einem gewaltigen Kopf, unangenehmen, gekrümmten Klauen und einem langen, sabbernden Maul: irgendein Aasfresser, wie es den Anschein hatte. Einer der Diener des Königs schlug mit dem Stock, den er trug, danach, als wolle er es wie lästiges Ungeziefer vertreiben. Doch Toikella stieß einen lauten, wütenden Ruf aus und trat schnell vor. Der König ergriff den Stock mitten in der Luft und wand ihn aus der Hand des Mannes. Dann stieß er den Krieger grob beiseite, zog das kurze Schwert, das er an einem Lederriemen um die Hüfte trug, und stieß es dem verwirrten Tier in den Leib.

Das verletzte Geschöpf wich zurück, stellte sich auf die Hinterläufe und schlug mit den gebogenen Krallen nach Toikella, ohne damit die geringste Wirkung zu erzielen. Der König stieß die Vorderpfote des Tiers wie beiläufig zur Seite und stach ein zweites und ein drittes Mal zu. Das Geschöpf gab ein leises, sprudelndes Seufzen von sich und fiel auf die Seite. Ein Strom grünlich-roten Blutes schoß in einem spritzenden Schwall aus jeder Wunde.

Der König sprach ein paar kurze Worte zu Mankhelm. Augenblicklich zog der Priester eine Flasche aus schwarzem Leder aus der Truhe mit den königlichen Insignien und hielt sie in einen Blutschwall, bis sie gefüllt war. Dann gab er sie dem König; danach kniete Mankhelm nieder und begann das sterbende Tier auszunehmen, während es noch schwach zuckte.

»Was hat das zu bedeuten?« flüsterte Harpirias dem Gestaltwandler zu.

»Ich bin mir nicht sicher. Aber es handelt sich um eine rituelle Schlachtung, soviel ist klar.«

»Soll der König auf dieser Jagd nicht Hajbaraks erlegen?«

»Vielleicht ist er zum Schluß gekommen, daß dieses Tier ausreichen wird.«

Und dies schien in der Tat der Fall zu sein. Der Priester hatte mittlerweile das Fleisch des Tiers – es war endlich tot – bloßgelegt und schnitt mit der Geschicklichkeit eines Mannes, der seit langem daran gewohnt war, sakrale Opfer vorzubereiten, den Körper in einzelne Teile, legte das Fleisch der Keulen hierher, das Herz daneben, bestimmte andere inneren Organe an eine andere Stelle. Harpirias mußte das Geschick bewundern, mit dem Mankhelm das Tier häutete und zerlegte. Als der Priester fertig war, erhob er sich, legte das rohe, feuchte Fell über Toikellas breite Schultern und befestigte es mit einem perlenbesetzten Lederband, das er um den Hals des Königs schlang. Der

Kopf des Tiers, der noch an der Haut hing, baumelte auf dem königlichen Rücken, glasig starrten die toten Augen nach oben.

Was nun kam, war auch für jemanden, der das Blutvergießen der Jagd so gewöhnt war wie Harpirias, einfach schockierend. Toikella hielt die schwarze Lederflasche mit dem Blut hoch, bot sie ernst allen vier Himmelsrichtungen an und trank sie schließlich mit vier oder fünf Schlucken leer. Dann kniete er nieder und verschlang das rote und noch dampfende Herz. Er gab Mankhelm etwas, wobei es sich wahrscheinlich um die Leber handelte, und der aß einen Teil davon und legte den Rest auf einen flachen Fels, der anscheinend als Altar diente. Den Rest des Fleisches teilte der König unter seinen Männern auf. Er reichte jedem einen abgerissenen blutigen Brocken und drehte sich schließlich auch mit einem zu Harpirias um.

Harpirias starrte ihn verdutzt an.

»Nehmt es«, flüsterte Korinaam. »Eßt es.«

»Aber es ist *roh*.«

Der Gestaltwandler sah ihn starr an. »Ihr werdet aufgefordert, an einem der heiligsten Rituale teilzunehmen, die diese Leute kennen. Vielleicht sogar am heiligsten überhaupt. Der König macht Euch ein großes Kompliment. Nehmt es. Eßt es.«

Harpirias nickte widerwillig.

Tembidat, dachte er, *für all das wirst du mir bezahlen!*

Das Fleisch war hart und sehnig, und sein Geschmack war der eines toten Körpers. Irgendwie würgte Harpirias es herunter, obwohl er sich fast übergeben mußte. Toikella sah mit offensichtlicher Zufriedenheit zu, wie Harpirias es schluckte, und schlug ihm kräftig zwischen die Schulterblätter, als er fertig war.

Den anderen aus Harpirias' Gruppe blieb die Ehre erspart, das heilige Fleisch zu essen. Keiner von ihnen schien deshalb verärgert zu sein.

Nun wurden Gesänge angestimmt und die nicht verzehrten Teile des Tierkörpers auf zeremonielle Weise verbrannt. Der Rest des Kadavers wurde einfach in die nächste Schlucht geworfen. Dann sprach der König kurz zu seinen Männern, die augenblicklich die Jagdgeräte zusammenpackten und verstauten.

»War es das?« fragte Harpirias. »Ist die Jagd nun vorbei?«

»Der König hat so entschieden«, sagte der Gestaltwandler. »Er wird sich nicht mehr die Mühe machen, einen Hajbarak zu verfolgen. Dieses Tier wurde als offizielles Mittsommer-Opfer bestimmt, und die diesjährige Jagd ist beendet.«

»Er macht sich Sorgen wegen der Leute, die er am dem Grat tanzen sah, nicht wahr? Deshalb bricht er die Jagd ab.«

»Sehr wahrscheinlich.«

»Wer waren sie, Korinaam? *Was* waren sie?«

»Ich habe keine Ahnung«, sagte der Metamorph kurz und knapp und wandte den Blick ab. Die Frage schien ihm unangenehm zu sein. »Aha, es hat den Anschein, daß wir bereit zum Aufbruch sind. Wir kehren jetzt zum Dorf zurück.«

»Jetzt? Aber es wird doch dunkel!«

»Trotzdem scheinen wir aufzubrechen.«

Daran konnte es keinen Zweifel geben. Die gewaltige Gestalt König Toikellas, die noch immer mit dem blutigen Tierfell bekleidet war, befand sich schon ein gutes Stück entfernt. Er kehrte zu der Stelle zurück, wo der Weg zum Dorf begann. Harpirias hatte keine andere Wahl, als den Marschierenden zu folgen, obwohl die Dämmerung nun schnell in die Nacht überging und es ihm äußerst gefährlich vorkam, zu dieser späten Stunde den vereisten, felsigen Weg hinabzusteigen. Würden sie den Trampelpfad überhaupt erreichen, bevor die Dunkelheit sich endgültig gesenkt hatte? Oder würden sie durch das zerklüftete und schwierige Terrain dieses Plateaus stolpern müssen, ohne sehen zu können, wohin sie gingen?

Er beeilte sich, zu den schnell gehenden Othinor aufzuschließen.

Niemand sagte während des Abstiegs auch nur ein Wort. Die Stimmung des Königs war so finster, daß seine Leute einen großen Bogen um ihn machten. Zweifellos war die Jagd alles andere als ein Erfolg gewesen, auch wenn Toikella den Entschluß gefaßt hatte, sie als einen solchen auszugeben.

Der Abstieg, der nur vom Licht eines zunehmenden Mondes erhellt wurde, ging langsam und beschwerlich vonstatten. Der Weg war kaum auszumachen; allein mit Hilfe seines Instinktes mußte Toikella in der Lage gewesen sein, den richtigen Pfad aus den unzähligen dunklen Möglichkeiten auszuwählen, die sich ihm boten. Irgendwann mitten in der Nacht begann ein kalter, rauher Wind, der vom Gipfel herabzog, gegen ihre Rücken zu pfeifen. Harpirias fragte sich, ob die wilden Böen sie vom Weg fegen und den Berg hinunterstürzen lassen würden; dann würden ihre Leichen wie die Kadaver der getöteten Hajbaraks mitten auf dem Dorfplatz aufschlagen. Er erschauderte, riß sich zusammen und setzte seine Füße bei jedem Schritt mit übertriebener Vorsicht auf.

Es dämmerte, als sie den Grund der Schlucht

erreichten. Erschöpft von den Anstrengungen der Nacht ging Harpirias direkt auf sein Zimmer und vergrub sich unter dem gesamten Stapel der Felle.

Während er einschlief, fragte er sich erneut, was das für Geschöpfe waren, die den König der Othinor auf diesem hohen Grat verspottet und verhöhnt hatten. Bestimmt waren sie es auch gewesen, die die königlichen Tiere getötet und ihre Kadaver auf den Boden der Schlucht geworfen hatten. Etwas Seltsames geschah hier. Aber was? Was?

Er fand keine Antwort. Welches Geheimnis auch immer sich unter diesen Leuten auftat, er konnte es nicht durchdringen.

Selbst unter den Fellen zitterte Harpirias noch heftig. Die morgendlichen Geräusche des erwachenden Dorfs drangen schwach durch die Eiswände des Gästehauses zu ihm. Doch weder die Kälte noch der Lärm spielten noch lange eine Rolle. Nun beherrschte ihn die Erschöpfung. Er zog die Knie an die Brust, schloß fest die Augen und sank innerhalb von Sekunden in einen tiefen Schlaf.

KAPITEL 12

Unmittelbar nach seiner Rückkehr von den Hochebenen widmete Harpirias sich der Aufgabe, die Sprache der Othinor zu erlernen. An diesem Ort ging zu viel vor, das ihm rätselhaft blieb; und der einzige Dolmetscher, auf den er zurückgreifen konnte, hatte sich als unzuverlässig erwiesen. Er mußte auf irgendeine Weise lernen, die Sprache selbst zu beherrschen.

Er hatte zuvor nie großartig über das Problem nachgedacht, eine andere Sprache zu erlernen. Abgesehen von diesen Bergen wurde Majipoori überall auf der Welt verstanden, und für einen Prinzen des Berges bestand keine Notwendigkeit, sich die Mühe zu machen, mit den Sprachen vertraut zu werden, die von den Vroons, den Skandars, den Liimenschen oder irgenwelchen anderen fremdrassigen Minoritäten untereinander gesprochen wurden.

Ivla Yevikenik gab ihr Bestes, ihm zu helfen. Es war wie ein Spiel für sie, ein weiteres Amüsement, das sie zwischen ihren heftigen Schäferstündchen betreiben konnten. Während ihrer linguistischen Studien legte sie eine kindliche Freude an den Tag. Sie mochte den Körper einer Frau haben, erkannte Harpirias, doch sie war in Wirklichkeit noch ein Kind, und zwar eins mit einem naiven Gemüt. Wahrscheinlich sah sie ihn als eine interessante Art lebensgroßer Puppe an, die ihr Vater ihr zum Geschenk gemacht hatte. Und Harpirias beizubringen, Othinor zu sprechen, war nur eine weitere Möglichkeit, sich mit diesem neuen Spielzeug zu vergnügen.

Zuerst kamen sie nur langsam voran. Sie war zwar schnell imstande, Harpirias ein paar elementare Begriffe beizubringen, »Hand« und »Auge« und »Mund« und andere solcher offensichtlichen Substantive, deren Bedeutung man durch Zeigen und Fragen erlernen konnte. Doch es war nicht einfach für ihn, mit ihr über dieses einfache Maß hinauszugehen. Nach einer Weile aber setzten die Dinge sich in seinem Verstand auf ordentliche und logische Weise wie Puzzle-Teile zusammen; und dann stellte Harpirias zu seiner Überraschung und seinem Vergnügen fest, daß er sich die wichtigsten Elemente der Sprache zu eigen machen konnte.

Doch immer noch blieb die Grammatik ein Rätsel für ihn, und seine Aussprache der meisten Worte war so stümperhaft, daß Ivla Yevikenik Lachkrämpfe bekam. Doch Harpirias stückelte sich ein so umfangreiches Vokabular zusammen, daß er schon nach kurzer Zeit mit ihr kommunizieren konnte, wenn auch unter Schwierigkeiten und mit einer Mischung aus halb verstümmelten Worten, eifrigen Gesten und komplizierter Pantomime.

Erneut erzählte er ihr von Majipoor, vom Ruhm und Glanz jener Welt. Diesmal schien Ivla Yevikenik viel mehr zu verstehen. Als er ihr die Welt hinter der Eisbarriere beschrieb, hielt sie den Atem an. Ihre Augen weiteten sich vor Staunen – vielleicht auch vor Unglauben –, als er ihr vom Burgberg und seinen Fünfzig Städten erzählte, von *Hoch-Morpin* mit seinen Spiegelrutschen und seinen Molochen, *Halanx* und seinen großen Landsitzen, *Normork* mit der großen Steinmauer und dem mächtigen *Dekkeret-Tor,* und hoch über allem anderen die uralte Burg von Lord Ambinole mit all ihren unzähligen Räumen, die sich wie ein großes Geschöpf mit zahlreichen Tentakeln über den Gipfel des Bergs ausbreitete. Er erzählte ihr von der Größe des Flusses *Zimr,* einem Fluß von der Größe eines Meeres, und von seinen unzähligen Städten, *Belka, Clarischanz* und *Gourkaine, Semirod, Impemond, Haunfort Major* und all den anderen sowie von dem Ort, wo der *Zimr* mit seinem Schwesterfluß, dem *Steiche,* verschmolz und einen riesigen Binnensee bildeten, an dessen unendlichen Ufern die Stadt *Ni-moya* mit ihren weißen Türmen erbaut worden war.

Harpirias spürte einen plötzlichen Anflug von Heimweh, als er von diesen Orten und Sehenswürdigkeiten sprach – sogar bei den Namen der Städte, die er selbst nie gesehen hatte, sogar beim Namen *Ni-moya,* einer Stadt, die er verabscheut hatte. Denn sie alle gehörten zu Majipoor, ob er sie nun besucht hatte oder nicht. Und in diesem starren und verlassenen Land aus Eis fühlte er sich hoffnungslos von dem Majipoor abgeschnitten, das er gekannt hatte, auch wenn er versuchte, sich davon zu überzeugen, daß auch dies Majipoor war.

Als er ihr lange genug von Majipoor erzählt hatte, fiel ihm das Miteinandersprechen leichter, und er fragte sie nach den Gestalten, die sie auf dem hohen Berggrat gesehen hatten, und nach der wütenden Reaktion ihres Vaters auf ihr höhnisches Posieren und Tanzen.

»Wer sind sie?« fragte Harpirias. »Weißt du es?«

»Teufel sind sie. Wilde Leute. Sie leben neben dem Gefrorenen Meer.«

In den nördlichsten Ausläufern der Khyntor-Marschen, meinte sie damit – fast am Pol des Planeten. Die äußerste Grenze der Welt, der Rand vom Nichts. Ein Ort, an dem – den alten Mythen und Mutmaßungen der Geographen zufolge – der Ozean selbst sich in eine Schicht aus ewigem Eis verwandelt hatte und kein menschliches Leben möglich war.

»Was für Leute, Ivla Yevikenik? Sehen sie aus wie wir?«

»Nein.«

»Wie denn?«

Sie suchte nach Worten, fand keine passenden und bewegte sich statt dessen auf eine seltsame Art und Weise seitwärts gehend durch den Raum, zog die Schultern zusammen und ließ die Arme baumeln, als hätten sie keine Kraft. Harpirias war zuerst verwirrt; doch dann dämmerte ihm allmählich, daß sie Korinaam nachahmte: seine zarte Statur, seine Art zu gehen.

Harpirias deutete auf den Raum, der im Gästehaus neben dem seinen lag – Korinaams Zimmer. »Du meinst, sie sind Gestaltwandler?« Und auch er ahmte Korinaams Bewegungen nach.

»Ja. Ja. Gestaltwandler.« Ivla Yevikenik grinste ihn an und klatschte vor Vergnügen, seine Frage beantwortet zu haben, in die Hände.

Gestaltwandler! Also doch! Genau, wie er vermutet hatte.

Oder hatte er ihr die Worte in den Mund gelegt? Sagte sie ihm einfach nur, was er hören wollte?

Vielleicht. Doch Harpirias hatte das Gefühl, daß die Information, die sie ihm gegeben hatte, richtig war. Schließlich hatten die Geschöpfe der Hochebenen wie Menschen ausgesehen, als sie getanzt hatten; doch als sie danach davongelaufen waren, hatten sie sich auf allen vieren bewegt, was keinem Menschen gelungen wäre. Die einzige vernünftige Erklärung, die er dafür fand, war, daß sie ihre Körperform verändert hatten, um dies zu bewerkstelligen.

Und Korinaam – der so ausweichend reagiert hatte, als Harpirias zweimal versucht hatte, seine Meinung über sie in Erfahrung zu bringen – mußte sofort erkannt haben, daß die Geschöpfe der Hochebene entfernte Verwandten von ihm waren, irgendwelche wilden Metamorphe des Nordlandes. Das hatte er, aus welchen Gründen auch immer, nicht zugeben wollen.

Doch was hatte ein Stamm wilder Gestaltwandler an den Ufern des Gefrorenen Meeres zu suchen?

Harpirias wußte, daß in den alten Zeiten, vor Tausenden von Jahren, vor der Ankunft der ersten menschlichen Siedler, die Piurivar überall dort gelebt hatten, wo es ihnen auf dem riesigen Planeten gefiel. Ihre Hauptstadt war bei Velalisier gewesen, in der südlichen Mitte von Alhanroel, wo man noch immer erstaunliche Ruinen ihrer Bauten sehen konnte. Es hatte auf der anderen Seite des Inneren Meeres, in den Wäldern von Zimroel, und sogar in der Öde des isolierten Südkontinents Suvrael, andere Metamorph-Siedlungen gegeben, die nun spurlos verschwunden waren. Aber warum waren sie in die frostigen Nordlande gegangen? Soweit man wußte, zogen die Metamorphe ein warmes Klima vor.

Harpirias dachte erneut über den Schöpfungsmythos nach, den Korinaam ihm während ihrer Reise von *Ni-moya* hierher erzählt hatte – den Mythos über das riesige Ungetüm, das einsam die nördlichen Berge durchstreift hatte, die einzige Bewohnerin der Welt, und daß sie den ersten Piurivar geschaffen hatte, indem sie ihn mit der Zunge aus dem Eis geschnitzt hatte. Dieser Geschichte hatte Harpirias entnommen, daß die Piurivar glaubten, dieses kalte Nordland sei ihre früheste Heimat, von wo aus sie schließlich ihre Wanderungen begonnen hatten, bei denen sie sich über ganz Majipoor ausgebreitet hatten.

Waren diese wilden Teufel im Eis die letzten Überlebenden dieser archaischen Metamorph-Population, durchstreiften sie immer noch die zerklüftete Landschaft der uralten Heimat ihrer Ahnen?

Wahrscheinlich nicht, dachte Harpirias. Wahrscheinlich war der Mythos einer nördlichen Herkunft nur ein Mythos, und es handelte sich nur um eine vergessene Gruppe, die zu der Zeit der Eroberung Majipoors durch die Menschen Zuflucht im äußersten Norden gesucht hatte, seitdem einfach in dieser abgelegenen Gegend geblieben war und von deren Existenz nicht einmal ihre Metamorphen-Verwandten wußten, genau, wie die Othinor sich in diesem abgeschiedenen, von Bergen umgebenen Versteck all diese Jahrhunderte lang ungestört gehalten hatten.

»Erzähl mir mehr«, sagte er zu dem Mädchen. »Alles, was du über sie weißt.«

Es gab nur sehr wenig zu erzählen. Langsam, mit aller Geduld, die er aufbringen konnte, holte er aus ihr heraus, was er konnte.

»Sie heißen Eililylal«, sagte sie. Er nahm an, daß

dies der Othinor-Name für sie war. Und einen Augenblick später erinnerte Harpirias sich, daß dies auch das Wort war, das Toikella in seinem Zorn gerufen hatte, das Wort, das Korinaam als »Feinde ... Feinde ...« übersetzt hatte. Vielleicht hatte das Wort in Othinor zwei Bedeutungen, und die eine war der Name des Stammes der verhaßten Gestaltwandler aus dem Hochland; Korinaam hatte dies nicht wissen können.

Ivla Yevikenik erzählte ihm, daß die Eililylal in regelmäßigen Abständen von ihren unfruchtbarem, unwirtlichem Gebiet hinabstiegen, um den Othinor Ärger zu bereiten, ihre Vorräte an getrocknetem Fleisch zu stehlen und ihre Tiergehege zu plündern. In vergangenen Jahren hatte es einen großen Krieg zwischen den Othinor und den Eililylal gegeben, und selbst jetzt noch töteten die Othinor jeden Eililylal, dem sie zufällig begegneten.

Und nun waren die Eililylal ins Land der Othinor zurückgekehrt. Sie waren es, sagte Ivla Yevikenik, die vor kurzem die heiligen Hajbaraks getötet und ihre Kadaver zum Zeichen des Spotts ins Dorf hinabgeworfen hatten. Niemand wußte, warum. Vielleicht war es der Beginn eines neuen Krieges zwischen den Stämmen. Der König war deshalb tief besorgt, und sein Unbehagen war durch das Erscheinen eines Kontingents von Eililylal in den Hochlanden während der königlichen Jagd noch verstärkt worden – ein Zeichen des tiefen Unglücks. Deshalb hatte er die Jagd abgebrochen, nachdem er zumindest ein Tier gefunden hatte, das er töten konnte.

Mehr als das konnte das Mädchen ihm nicht sagen,

doch sie hatte ihm immerhin wichtige Informationen verschafft. Harpirias war ihr dafür dankbar, sagte ihr das auch, so gut er konnte. Ivla Yevikenik verstand die Bedeutung anscheinend und war zufrieden.

Harpirias wurde klar, daß er Ivla Yevikenik mittlerweile sehr gut leiden mochte und sogar für die Umstände dankbar war, die sie zusammengeführt hatten. Sie war nicht nur eine eifrige und leidenschaftliche Liebhaberin, sondern auch ein gutherziges und freundliches Mädchen, eine einsame Insel der Wärme, die er in diesem grimmigen Land gefunden hatte.

Draußen jagte ein heftiger Wind über den offenen Dorfplatz. Harpirias erschauderte. Eine weitere schöne Sommernacht unter den Othinor.

Leidenschaftlich zog er mit den Fingerspitzen die Umrisse der Wangen des Mädchens nach und ließ seine Hand dann sogar einen Augenblick lang über dem Zierknochen in ihrer Oberlippe verweilen. Sie gab ein leises, seufzendes Geräusch von sich und drückte sich eng an ihn. Sie leckte die Spitzen seiner Finger; sie nagte an seinem Kinn; sie ergriff seine beiden Handgelenke und preßte sie mit überraschender Kraft zusammen.

So seltsam es klingen mag – er stellte sich vor, dies eines Tages dem Coronal zu sagen – *hielt ich es aus Gründen der diplomatischen Notwendigkeit für angebracht, der Liebhaber von König Toikellas Tochter zu werden. Wie es sich herausstellte, war die Barbarenprinzessin jung und wunderschön und außerdem eine feurige und ungehemmte Partnerin im Bett, die in den seltsamen amourösen Fertigkeiten ihres Volkes hervorragend bewandert war …*

O ja. Seiner Lordschaft würde dieser Teil der Geschichte bestimmt gefallen.

Doch zuvor mußte er die kleine Aufgabe bewältigen, hier heraus und zurück zum Burgberg zu kommen.

KAPITEL 13

Als Ivla Yevikenik sich am Morgen in ihre Felle geschlungen und sein Zimmer verlassen hatte, machte Harpirias sich auf die Suche nach Korinaam. Er mußte ihm ein paar Fragen über ihre Begegnung mit den Metamorphen des Hochlands stellen. Doch Korinaam war nirgendwo zu finden, weder auf seinem Zimmer noch irgendwo sonst im Dorf der Othinor.

»Wann hast du ihn zum letztenmal gesehen?« fragte Harpirias Eskenazo Marabaud.

»Gestern nacht, etwa zu der Zeit, als sie unser Abendmahl zum Gästehaus brachten«, erwiderte der Hauptmann der Skandars.

»Hat er irgend etwas zu dir gesagt?«

»Kein Wort, nein. Er hat mich einen Augenblick lang auf ihre verdächtige Art und Weise angeschaut – Ihr wißt, was ich meine. Dann ist er einfach den Gang entlang und zu sein Quartier gegangen.«

Aber der Ghayrog Mizguun Troyzt, der keinen Schlaf brauchte, da dies nicht seine Phase des Winterschlafs war, konnte ihm bessere Informationen geben. Während der späten Nachtstunden hatte Mizguun Troyzt das Dorfrund verlassen und war zu der Stelle gegangen, an der sie die Schweber zurückgelassen hatten, um deren Rotoren gegen die Kälte einzuölen und andere routinemäßigen Wartungsaufgaben auszuführen. Als er kurz vor Anbruch der Morgendämmerung zurückgekehrt war, hatte er gesehen, daß der Gestaltwandler allein über den Dorfplatz zum königlichen Palast gelaufen war.

Mizguun Troyzt hatte einen Augenblick lang neugierig beobachtet, wie Korinaam zur Rückseite des Palasts gelaufen und dort mit den Schatten verschmolzen war. Dann – schließlich ging es ihn nichts an, was der Gestaltwandler vielleicht vorhatte – war Mizguun Troyzt auf sein Zimmer gegangen, um den nächsten Tag zu erwarten. Und das war offensichtlich das letzte Mal, daß er oder sonst jemand Korinaam gesehen hatte.

Was befand sich hinter dem königlichen Palast?

Nun ja, der Anfang des Weges, der die Bergwand zum königlichen Jagdrevier hinaufführte.

Natürlich! Natürlich! Die Situation war Harpirias sofort klar. Korinaam mußte losgezogen sein, um Kontakt mit seinen gerade entdeckten Gestaltwandler-Brüdern in den Hochlanden über dem Dorf aufzunehmen!

Was verblüffend und ärgerlich zugleich war. Die Verhandlungen mit König Toikella hatten nach dieser langen Zeitspanne noch nicht mal richtig angefangen. In den letzten Tagen war er viel zu sehr mit dem Vorstoß der Eililylal in sein Territorium beschäftigt gewesen, um sich für irgendwelche Gespräche mit Harpirias zur Verfügung halten zu können.

Und nun zog der offizielle Dolmetscher und Führer lustig ins Hochland von dannen, um eine ungenehmigte Mission anzutreten – und das, ohne sich auch nur zu verabschieden. Wie lange würde Korinaam fort sein? Drei Tage? Fünf? Was, wenn er überhaupt nicht zurückkehrte, sondern den schwierigen Bedingungen des Weges zum Opfer fiel, oder der unvorhersehbaren Feindseligkeit seiner eigenen Artgenossen?

Wie sollte er, Harpirias, in diesem Fall – ohne Dolmetscher – den Vertrag mit den Othinor je ausarbeiten und die Geiseln befreien? Aber etwas noch Wichtigeres war zu berücksichtigen. Wie, so fragte Harpirias sich, sollten er und seine Soldaten ohne die Hilfe des Metamorphen den Weg in die Zivilisation zurückfinden?

Er kochte vor Wut. Aber er konnte nichts tun, nur warten.

Drei Tage vergingen; und Harpirias' Zorn und Ungeduld wurden ständig größer. Den einzigen Trost fand er in dem Mädchen Ivla Yevikenik und in dem dunklen, bitteren Bier des Dorfes. Aber je öfter er mit ihr schlief und je mehr er trank, desto weniger zeigten diese Linderungsmittel ihre Wirkung. Seine Reisegefährten waren ihm auch keine große Hilfe. Sie waren normale Soldaten, Skandars und Ghayrogs, und er war schließlich ein Prinz des Bergs. Hier war keine Freundschaft möglich. Im wesentlichen war er an diesem Ort allein.

Verärgert lief Harpirias durch das Dorf und suchte verzweifelt Ablenkungen. Niemand trat ihm in den Weg; er ging, wohin er wollte. Fast überallhin: Offensichtlich war ihm nicht gestattet, die Geiseln in ihrer Höhle zu besuchen, denn als er eines Morgens sah, daß die tägliche Kolonne von Nahrungsträgern zu ihnen aufbrach, wollte er sich ihr anschließen, wurde jedoch standhaft zurückgewiesen. Ansonsten legten die Othinor seinen Bewegungen aber keinerlei Beschränkungen auf. Ungehindert inspizierte Harpirias den flachen Steinaltar in der Mitte des Platzes und stellte fest, daß seine Oberfläche mit kaum leserlichen, unverständlichen Hieroglyphen beschriftet und dem getrockneten Blut vergangener Opfer verkrustet war. Er spähte in dunkle, feuchte Eishöhlen, in denen Nahrungsmittel gelagert wurden, Wurzeln, Körner und Beeren, die die Bewohner dieses elenden Landes im Sommer sammelten und für den schrecklichen Winter einlagerten, der bald kommen würde. Er öffnete die mit Leder verkleidete Tür eines niedrigen, kuppelförmigen Eisgebäudes, das er zuvor nicht bemerkt hatte, und stand in einem Raum voller kleiner, schnaubender Tiere, die ledernes Zaumzeug trugen. Als er einen anderen Raum betrat, stieß er auf sieben oder acht fettbäuchige Frauen mit schweren Brüsten aus dem Harem des Königs, die nackt auf dikken Fellstapeln lagen und lange, schmale Pfeifen aus Knochen rauchten. Die Luft in diesem Gemach war schal und abgestanden; es stank nach Schweiß, üblem Parfum und dem Zeug, das sie rauchten, worum auch immer es sich dabei handeln mochte. Die Frauen kicherten schrill und machten Gesten, als wollten sie Harpirias hineinwinken, doch er zog sich schnell zurück.

Das Innere eines weiteren Gebäudes, in dem grobe Holzkisten standen, roch nach Weihrauch und Staub: Harpirias hob den Deckel von einer Kiste und sah darin getrocknete menschliche Schädel, sehr alt, gelb und zerbröckelnd.

Er erkundigte sich bei Ivla Yevikenik danach.

»Ein sehr heiliger Ort«, sagte sie. »Du darfst nie wieder dort hineingehen.«

Wessen Schädel waren es? Die ehemaliger Könige? Toter Priester? Besiegter Feinde? Harpirias war klar, daß er es wahrscheinlich nie herausfinden würde. Was für eine Rolle spielte es auch? Er war nicht hierhergekommen, um anthropologische Studien über dieses Volk zu betreiben, sondern um eine Gruppe alberner Fossilienjäger aus ihrem Griff zu befreien – was ihm vielleicht nicht gelingen würde, denn am dritten Tag von Korinaams Abwesenheit hatte erneut leichter Schneefall eingesetzt. Harpirias war nun davon überzeugt, daß der Gestaltwandler irgendwo in den Hochlanden zugrunde gegangen sein mußte. Sein Körper lag bestimmt unter einer Schneedecke verborgen; aller Wahrscheinlichkeit nach würde man ihn nie finden.

Und so würde er selbst, so grübelte Harpirias, vielleicht den Rest seiner Tage in diesem elenden, kleinen, unter Eis begrabenem Dorf am Ende der Welt verbringen müssen und sich von verkohlten Wurzeln und halbrohen Fleischbrocken ernähren. War es möglich, daß die Schädel in diesen Kisten von vorhergehenden würdevollen Botschaftern aus der Außenwelt stammten und es seinem eigenen ebenfalls bestimmt war, eines Tages dort zu liegen?

Die Stunden des Müßiggangs erschienen ihm endlos. Er kam sich wie ein Gefangener vor, wie einer der elenden, als Geisel gehaltenen Männer in ihrer Eishöhle hoch in der Bergwand. Wenn er des Nachts in Ivla Yevikeniks Armen lag, betete er um einen beruhigenden Traum. Würde doch nur die gesegnete Lady der Insel, deren Geist nachts durch die Welt streifte und den Geplagten willkommenen Balsam und Aufschub brachte, ihn mit einer Botschaft begünstigen, die seine Seele beschwichtigen würde!

Doch Harpirias erhielt kein Zeichen ihrer süßen Gnade. Sehr wahrscheinlich lag das eisige Königreich der Othinor sogar außerhalb der Reichweite der Lady.

KAPITEL 14

Am Abend des vierten Tages nach Korinaams Verschwinden döste Harpirias allein in seinem Zimmer, als ihn die Nachricht erreichte, daß der Gestaltwandler endlich zurückgekehrt war.

»Bring ihn zu mir«, sagte er zu Eskenazo Marabaud.

Korinaam sah bleich und abgemagert aus. Sein Mantel war verschmutzt und zerrissen, seine schmalen Lippen waren fest zusammengedrückt, seine Lider geschwollen, so daß die Augen darunter kaum noch auszumachen waren. Er wirkte verkrampft und nervös, als spiele er mit dem Gedanken, sich in eine andere Erscheinung zu verwandeln und zu fliehen. Harpirias stellte sich vor, wie Korinaam sich plötzlich in ein langes, gewundenes Band verwandelte, das flink aus dem Raum glitt und von niemandem festgehalten werden konnte.

»Wünscht Ihr, daß ich bleibe?« fragte der Skandar. Vielleicht war ihm etwas Ähnliches in den Sinn gekommen.

Harpirias nickte. »Wo bist du gewesen?« sagte er kalt zu Korinaam.

Der Gestaltwandler ließ sich mit seiner Antwort Zeit.

»Auf einer kleinen Aufklärungsmission«, sagte er schließlich.

»Ich erinnere mich nicht, dich gebeten zu haben, eine solche Mission zu unternehmen. Wo hast du diese Aufklärung vorgenommen?«

»Ringsherum. In der Nähe.«

»Bitte etwas genauer.«

»Es war eine private Angelegenheit.« In der Stimme des Metamorphen lag ein Anflug von Trotz.

»Das ist mir klar«, sagte Harpirias. »Ich möchte trotzdem die Einzelheiten wissen.« Er gab Eskenazo Marabaud ein Zeichen. »Halte ihn fest, ja? Ich will nicht, daß er mir verschwindet.«

Der Skandar, der hinter Korinaam stand, legte zwei seiner Arme um die Brust des Gestaltwandlers. Korinaam schaute erstaunt drein. Seine Augen wurden so groß, wie Harpirias es noch nie zuvor bei ihm gesehen hatte, und er funkelte den Prinzen mit unverhohlenem Haß an.

»Also«, sagte Harpirias kalt. »Noch einmal, Korinaam. Sag mir, wo du gewesen bist.«

Der Gestaltwandler schwieg eine Zeitlang. »In den Hügeln über dem Dorf«, sagte er dann zögernd.

»Ja, das habe ich mir gedacht. Und warum bist du dort hinaufgegangen?«

Korinaam schien jeden Augenblick vor Entrüstung platzen zu wollen. »Prinz, ich verlange, daß Ihr Eurem Skandar befiehlt, mich loszulassen! Ihr habt kein Recht ...«

»Ich habe jedes Recht dazu«, unterbracht Harpirias ihn. »Du stehst zufällig in den Diensten des Coronals und hast dich entschlossen, zu einer Zeit, da deine Dienste benötigt wurden, ohne Erlaubnis einen kleinen Ausflug zu machen. Ich verlange eine Erklärung. Noch einmal: Was hast du da oben gesucht, Korinaam?«

»Ich weigere mich, meine privaten Angelegenheiten mit Euch zu besprechen.«

»Du hast an diesem Ort keine privaten Angelegenheiten. Verdrehe ihm den Arm ein wenig, Eskenazo Marabaud.«

»Das ist eine Ungeheuerlichkeit!« rief Korinaam. »Ich bin ein freier Bürger von …«

»Ja. Natürlich bist du das. Niemand bestreitet das. Verdrehst du ihm den Arm ein wenig kräftiger, Eskenazo Marabaud? Bis er schreit. Oder mir die Antwort gibt, die ich verlange. Keine Angst, der Arm wird nicht brechen. Man kann einem Gestaltwandler den Arm nämlich nicht brechen. Die Knochen geben unter Belastung einfach wie Gummi nach. Aber es tut ihm trotzdem weh. Und wenn er nicht mit uns zusammenarbeitet, werden wir ihm eben ein wenig weh tun müssen. Ja, so ist es gut. Was hast du da oben gesucht, Korinaam?«

Schweigen. Harpirias schaute den Skandar an und bedeutete ihm, den Druck zu verstärken.

»Ich habe nach den Leuten gesucht, die wir am Tag der Jagd auf dem Berggrat gesehen haben«, sagte Korinaam verdrossen.

»Aha. Es überrascht mich nicht, das zu hören. Und warum hast du sie gesucht?«

Schweigen.

»Weiter«, sagte Harpirias zu dem Skandar.

»Wißt Ihr, daß dies ein Verhör unter Folter ist?« sagte Korinaam. »Das ist barbarisch! Das ist undenkbar!«

»Ich entschuldige mich aufrichtig bei dir«, sagte Harpirias. »Aber ich frage mich, ob dein Arm vielleicht doch brechen wird, wenn er ihn weit genug verdreht. Das wollen wir doch nicht herausfinden, oder, Korinaam? Sag mir: Was waren das für Leute, die wir auf dem Grat gesehen haben?«

»Das wollte ich ja herausfinden.«

»Nein. Du hast bereits gewußt, wer sie sind, nicht wahr? Sag es mir. Sag es mir, Korinaam. *Wer sind sie?*«

»Piurivar«, murmelte Korinaam und schaute zu Boden.

»Ach was? Entfernte Vettern von dir?«

»Sozusagen. Entfernte Vettern. Sehr entfernte.«

Harpirias nickte. »Danke. Du kannst ihn jetzt loslassen, Eskenazo Marabaud. Er scheint jetzt kooperativer zu sein. Warte bitte draußen. – Na schön«, sagte er zu dem Gestaltwandler, nachdem der Skandar den Raum verlassen hatte. »Berichte mir, was du über diese entfernten Vettern weißt, Korinaam.«

Aber Korinaam behauptete, nur sehr wenig über sie zu wissen, und Harpirias hatte den Eindruck, daß er diesmal ehrlich war.

Es gab, so erzählte Korinaam, bei seinem Volk eine alte Legende, die besagte, vor vielen tausend Jahren, zur Zeit von Lord Stiamot, habe eine Linie der Metamorphen sich im hohen Norden niedergelassen – Piurivar, die – wie Harpirias bereits vermutet hatte – vor dem Krieg geflohen waren, mit dem Lord Stiamot die Ureinwohner des Planeten hatte auslöschen wollen.

Während die restlichen überlebenden Metamorphe zusammengetrieben und in das Reservat verbannt worden waren, das man ihnen in den Urwäldern Zimroels zur Verfügung stellte – so hieß es –, hatten diese freien Piurivar weiterhin in Isolation und Unabhängigkeit gelebt und in dem verschneiten Gebirgsland hinter den neun großen Gipfeln der Khyntor-Marschen die uralte nomadische Lebensweise ihres Volkes bewahrt. Wie die Othinor hatten sie für sich gelebt, ein Volk, von denen die anderen Bewohner Majipoors nichts wußten. Nach dieser langen Zeit galt dies vielleicht auch umgekehrt: auch sie wußten nichts mehr vom Rest Majipoors. Es hatte nie eine Kommunikation zwischen ihnen und anderen Metamorphen gegeben, nicht einmal während Valentines Amtszeit, als der große Aufstand der Piurivar gegen die menschliche Herrschaft stattgefunden hatte. Ihre Existenz war zu einer Angelegenheit der Mutmaßungen und Spekulationen geworden.

Gelegentlich war von einem der Gestaltwandler, die wie Korinaam in Ni-moya oder einer anderen Stadt am Rand der Marschen wohnten und sich ihren Lebensunterhalt mit der Führung von Jägern oder Forschern verdienten, die sich in das Nordland wagen wollten, eine Sichtung gemeldet worden. Doch keiner dieser Berichte hatte zu irgend etwas geführt. Die Metamorphen-Führer waren sich nicht einmal sicher, daß sie – immer auf große Entfernung und nur einen flüchtigen Augenblick lang – Angehörige ihrer eigenen Spezies gesehen hatten.

Bis jetzt.

»Ich habe keinen Zweifel daran«, sagte Korinaam. »Meine Augen sind sehr scharf, Prinz. An dem Tag, an dem wir sie gesehen haben, habe ich beobachtet, wie sie sich veränderten.«

»Und da hast du dich entschlossen, sie ohne Erlaubnis zu besuchen. Warum?«

»Sie sind von meinem Blut, Prinz. Seit fast neuntausend Jahren leben sie nun in diesen Bergen, ohne je andere ihrer Art von Angesicht zu Angesicht gesehen zu haben. Ich wollte mit ihnen sprechen.«

»Und ihnen was sagen?«

»Daß die Verfolgung vorbei ist, daß wir Piurivar uns auf Majipoor bewegen können, wie es uns beliebt, daß sie endlich aus ihrem Versteck inmitten von Schnee und Eis hervorkommen können. Fällt es Euch so schwer, das zu verstehen, Prinz?«

»Du hättest mir wenigstens sagen können, was du vorhast. Du hättest mich um Erlaubnis bitten können.«

»Ihr hättet sie mir nie gegeben.«

Harpirias war von dieser Behauptung völlig überrascht. Er wurde rot. »Warum sagst du das?«

»Weil ich ein Piurivar bin«, entgegnete Korinaam ruhig, »und dies eine Angelegenheit der Piurivar ist, und warum sollte sie Euch auch nur im geringsten kümmern, Prinz? Ihr hättet gesagt, es käme Euch ungelegen, daß ich das Dorf verlasse, weil ich als Euer Dolmetscher hier gebraucht werde. Ihr hättet mir gesagt, ich könnte ein andermal in diese Berge zurückkehren, allein, und dann nach meinen Verwandten suchen. Ist dem nicht so, Prinz?«

Auf einmal fiel Harpirias es schwer, den unversöhnlichen Blick des Gestaltwandlers zu erwidern. Ihm fiel keine schnelle Antwort ein.

»Vielleicht«, sagte er schließlich. »Doch trotzdem: Du hättest nicht aufbrechen dürfen, ohne eine Nachricht zu hinterlassen, wohin du gehst. Was hätten wir getan, wenn du da oben gestorben wärest?«

»Ich hatte nicht die Absicht, dort oben zu sterben.«

»Es ist eine schwierige Kletterpartie in einem gefährlichen Terrain. Als du fort warst, zog ein Schneesturm auf. Ein leichter, aber er ließ sich wohl mit dem vergleichen, den wir erlebten, als wir über den Paß der Zwillingsschwestern fuhren. Du bist nicht unsterblich, Korinaam.«

»Ich weiß, wie ich in diesen Bergen auf mich achtgeben muß. Wie Ihr seht, bin ich zurückgekehrt, und zwar nur etwas mitgenommen.«

»Ja. Das bist du.«

Korinaam gab keine Antwort. Irgendwie hatte der Metamorph in dem Gespräch die Oberhand gewonnen, wenngleich Harpirias sich nicht ganz sicher war, wann dies geschehen war. Es war ihm nun zutiefst peinlich, daß er sich gezwungen gefühlt hatte, die Anweisung zu geben, dem Gestaltwandler den Arm umzudrehen, um ihn zum Sprechen zu bringen.

»Nun?« sagte er nach einer unbeholfenen Pause. »Und ist es dir gelungen, mit deinen lange verschollenen Verwandten zu sprechen?«

»Nicht so ganz.«

»Was soll das heißen?«

»Ich habe *zu* ihnen gesprochen«, sagte Korinaam. »Nicht *mit* ihnen.«

»Aha. Zu ihnen, aber nicht mit ihnen. Meinst du damit, du hast die Sprache nicht beherrscht, die sie sprechen?«

»So ungefähr ist es gewesen«, sagte Korinaam in nervösem, rauhem Tonfall. »Müssen wir wirklich noch länger darüber sprechen, Prinz?«

»Ja, das müssen wir. Ich will genau wissen, was sich zwischen dir und diesen Leuten zugetragen hat.«

»Ich habe es Euch doch gesagt. Zwei Tage lang

suchte ich nach ihnen, und dann fand ich sie. Sie hatten ein Lager auf einem Hügel auf der anderen Seite einer Schlucht aufgeschlagen, die sich zwischen uns befand. Ich konnte nicht näher an sie herankommen, habe aber versucht, von meinem Standort aus mit ihnen zu sprechen. Sie schienen nichts von dem zu verstehen, was ich gesagt habe. Nach einer Weile gab ich auf und stieg wieder den Berg hinab.«

»Das ist alles?«

»Ja, alles.«

»Deine Gestalt verschwimmt an den Rändern, Korinaam. Du kannst sie nicht halten, nicht wahr? Und das verrät mir, daß du lügst.«

»Ich habe sie gefunden«, erwiderte der Metamorph heiser, »konnte auf keine nützliche Art und Weise mit ihnen kommunizieren und bin dann wieder hierher zurückgekehrt. Das ist die ganze Geschichte.«

»Das glaube ich nicht«, sagte Harpirias. »Was ist da oben noch geschehen?«

»Nichts. Nichts.«

Ein Kräuseln der Wandlung lief schnell über Korinaams Gesichtszüge und verriet seinen inneren Aufruhr. Er verbarg etwas, etwas, das ihn während seiner Begegnung mit seinen wilden Verwandten der Hochlande zutiefst erschüttert hatte. Daran hegte Harpirias nicht den geringsten Zweifel.

»Soll ich den Skandar zurückrufen, damit er dir noch ein wenig den Arm verdreht?«

Korinaam starrte ihn feindselig an. »Na schön. Es ist noch etwas passiert.«

»Fahre fort.«

»Sie haben mit Steinen nach mir geworfen«, sagte er mit verbitterter, heiserer Stimme.

»Ich kann nicht behaupten, daß mich dies überrascht.«

»Ich habe ihnen erklärt, wer ich bin. Als ich sah, daß sie meine Worte nicht verstanden, zeigte ich ihnen, daß ich einer der ihren war, indem ich Gestaltveränderungen vornahm. Und daraufhin haben sie ... Steine nach mir geworfen.«

Korinaams kurzes Zögern erregte Harpirias Interesse.

»Mehr haben sie nicht getan? Nur Steine geworfen?«

Weiteres Kräuseln, weiteres Verschwimmen.

»Sag es mir, Korinaam. Ich muß wissen, mit was für Geschöpfen wir es zu tun haben.«

Der Gestaltwandler zitterte. Dann kamen wütende Worte über seine Lippen. »Sie haben mich auch bespuckt. Und dann haben sie ihren ... ihren Kot nach mir geworfen. Sie ergriffen ihn mit den Händen und schleuderten ihn über die Schlucht. Und während sie dies taten, tanzten sie herum und schrien mich an, als wären sie verrückt. Wie Teufel.« Auf seinem Gesicht lag ein schrecklicher Ausdruck. »Es sind abscheuliche Wesen. Sie sind schlimmer als Wilde. Es sind *Tiere*.«

»Ich verstehe.«

»Und nun habt Ihr alles gehört. Werdet Ihr mich jetzt in Ruhe lassen, Prinz?«

»Gleich«, sagte Harpirias. »Zuerst verrate mir noch eins: Wirst du einen weiteren Versuch unternehmen, mit ihnen zu kommunizieren?«

»Ihr könnt sicher sein, daß ich nicht die Absicht habe.«

»Und warum nicht?«

»Seid Ihr ein Narr, Prinz? Versteht Ihr keine einfachen Worte? Was ich da oben gesehen habe, war völlig abscheulich. Es war schrecklich, in ihrer Nähe zu sein ... sie wie Tiere springen zu sehen ... ihr abstoßendes Kreischen zu hören ... zu wissen, daß tatsächlich ... Piurivar-Blut in ihren Adern fließt ... daß sie und ich ...«

»Das alles verstehe ich, Korinaam«, sagte Harpirias leise. »Aber trotzdem: Würdest du mir gehorchen, sollte ich dich bitten, eine weitere Reise zu ihnen zu unternehmen?«

Korinaam schwieg eine Weile.

»Wenn Ihr es mir befehlen würdet, ja.«

»Nur, wenn ich einen direkten Befehl erteilte?«

»Ich habe kein Verlangen, diese Geschöpfe noch einmal zu sehen, nicht das geringste. Aber ich weiß, daß ich in den Diensten des Coronals stehe, und es ist mir nicht möglich, mich Eurem direkten Befehl zu widersetzen, Prinz. Dessen könnt Ihr Euch sicher sein.« Der Gestaltwandler verbeugte sich tief, bedachte Harpirias mit einer übertrieben ehrerbietigen Geste. »Ich bin nicht versessen darauf, mir den Arm ein zweites Mal umdrehen zu lassen.«

»Ich bedaure, daß dies nötig war, Korinaam.«

»Das glaube ich Euch gern. Es muß äußerst unangenehm für Euch gewesen sein. Und der Skandar hat es wohl auch nur widerwillig getan, glaube ich.«

»Ich habe dir gesagt, daß ich es bedaure. Beim Göttlichen, Korinaam, soll ich vor dir niederknien und dich um Verzeihung bitten? Du warst so ausweichend, daß du mich erzürnt hast. Und außerdem noch aufsässig. Ich mußte wissen, wohin du gegangen warst, und warum.« Harpirias winkte ungeduldig ab. »Genug davon. Geh jetzt. Aber in Zukunft tust du ohne Erlaubnis keinen Schritt mehr aus diesem Dorf. Ist das klar?«

»Wohin sollte ich denn gehen?« fragte der Gestaltwandler und rieb sich den Arm.

Als er die Kammer verlassen hatte, rief Harpirias den Skandar wieder hinein und befahl ihm, Korinaam im Auge zu behalten.

»Die junge Frau ist hier«, teilte Eskenazo Marabaud ihm mit. »Diejenige, die des Nachts zu Euch kommt.«

Lag ein Anflug von Mißbilligung in seiner Stimme? Von einem Skandar?

»Schicke sie herein«, sagte Harpirias.

KAPITEL 15

Mitten in der Nacht wurde er von dumpfen Schlägen, wütenden Rufen und dann dem Klang eines langgezogenen, gequälten Wehklagens aus einem tiefen und glücklichen Schlaf gerissen. Er brauchte einige Zeit, um zu begreifen, daß er nicht träumte. Während er sich noch bemühte, vollends wach zu werden, erklang ein weiterer Schrei, und dann noch einer, und Harpirias erkannte die Stimme des Schreienden; es war Korinaam, der laut um Hilfe rief.

Harpirias kletterte aus dem Stapel Felle hervor. Ivla Yevikenik klammerte sich schläfrig an ihn und versuchte, ihn zurückzuziehen, doch Harpirias schüttelte sie ab. Schnell zog er sich an und lief auf den Korridor. Dort schlug ihm ein Schwall kalter Luft entgegen: Der Haupteingang zum Gebäude stand weit offen. Er warf einen Blick in Korinaams Zimmer. Leer. Spuren eines Kampfes waren zu sehen. Harpirias hörte, daß Korinaam noch immer brüllte; in seinen Schreien vernahm er eine Mischung aus Wut und Panik. Schnell lief Harpirias hinaus.

Vor dem Gästehaus spielte sich eine seltsame Szene ab.

Zwei untersetzte Krieger der Othinor schleppten

den sich windenden, schreienden, tretenden Korinaam zu dem steinernen Altar, um den sich König Toikella, der Hohepriester und einige andere wichtige Männer des Stammes in einem grimmigen kleinen Kreis versammelt hatten. Der König, der von Kopf bis Fuß in unhandliche schwarze Haigusfelle gewickelt war, umschloß mit beiden Händen den Griff eines riesigen Schwerts, das vor ihm stand, die Spitze in den eisigen Boden gerammt.

Acht oder zehn Skandars befanden sich ebenfalls auf dem Platz. Sie mußten aus dem Gästehaus gekommen sein, als sie Korinaams Hilferufe gehört hatten, und folgten dem Gestaltwandler unsicher. Sie hielten ihre Energiewerfer bereit, waren offensichtlich jedoch nicht willens, ohne einen direkten Befehl Harpirias etwas zu unternehmen.

Harpirias schloß zu ihnen auf und fragte Eskenazo Marabaud, was geschehen war.

»Sie werden ihn töten, Prinz.«

»Was? Warum?«

Aber der Skandar zuckte nur mit den Achseln.

In der Tat hatten die Othinor Korinaam mittlerweile zum Altar gezerrt und darauf niedergedrückt. Er lag mit gespreizten Gliedern und vor Furcht zitternd da, und sein Körper durchlief mit beunruhigender Geschwindigkeit eine Reihe anscheinend zufälliger Wandlungen, nahm einen Augenblick lang irgendeine bizarre Tiergestalt an, wurde dann beunruhigend menschlich, nahm dann die Metamorph-Gestalt an, die aber schrecklich verzerrt und fast nicht zu erkennen war. Mehrere Othinor knieten neben der Steinplatte nieder und hielten ihn fest. Offensichtlich erschreckten seine seltsamen, rapiden Wandlungen sie, aber sie hielten ihn trotzdem fest gepackt. Ein paar von ihnen schienen Stricke um Korinaams Körper zu schlingen und sie an Pflöcken zu befestigen, die um den Altar in den Boden eingelassen waren.

Fluchend stürzte Harpirias hervor. Der König, der in seinen dicken, schwarzen Fellen düster und riesig wirkte, hob eine Hand, um ihm Einhalt zu gebieten, als er noch fünfzehn oder zwanzig Schritte vom Altar entfernt war. Ernst deutete Toikella auf das große Schwert, zeigte dann auf Korinaam und machte eine Geste, die keinen Zweifel offenließ, daß er ihn hinrichten wollte.

»Nein!« rief Harpirias. »Ich verbiete es!« Er stampfte mit dem Fuß auf und machte mit ausgestreckten Armen wilde Gesten. Toikella mochte vielleicht seine Worte nicht verstehen, aber mit Sicherheit das Mißfallen, das sein dringlicher Tonfall und die heftigen Bewegungen ausdrückten.

Der König runzelte die Stirn, schüttelte den Kopf, zog das Schwert aus dem Boden und schwang es langsam über dem Kopf.

Harpirias reagierte mit noch hektischeren Gesten und einem verzweifelten Wortschwall, von dem er hoffte, er bestünde aus verständlichem Othinor – Bruchstücke halb erfaßter Redewendungen, die er von Ivla Yevikenik aufgeschnappt hatte, eine Sturzflut verschwommener Rufe, die Sinn ergeben mochten oder auch nicht, König Toikella aber zumindest einen Augenblick lang innehalten lassen würden.

Sein Aufschrei schien die erwünschte Wirkung zu haben. Mit einem verwirrten Brummen hielt der König mitten im Schwung inne, stieß das Schwert wieder in den Boden zurück, beugte sich vor und lehnte sein gesamtes Gewicht darauf, während er Harpirias ansah, als habe dieser den Verstand verloren.

Harpirias näherte sich dem Altar. Toikella blieb völlig unbewegt. Dem verwirrten König bedeutete Harpirias mit wütenden Pantomimen, daß Korinaam die Fesseln abgenommen werden mußten. Der König gab keine Antwort, lehnte sich vielmehr lediglich weiterhin auf das große Schwert und starrte ihn an. Aus dem Augenwinkel sah Harpirias, daß andere Krieger der Othinor, die Speere und Schwerter schwangen, leise über den Platz zum Altar eilten.

Einige der Skandars waren nun hinter Harpirias getreten. Er winkte sie noch näher heran. »Breitet euch in einem Halbkreis hinter mir aus«, sagte er zu ihnen. »Zieht eure Energiewerfer und entsichert sie. Aber haltet sie auf keinen Fall in die Richtung des Königs. Und ganz gleich, was geschieht, schießt erst, wenn ich es euch sage.«

Er schaute zu Korinaam hinab, der unwürdig zitternd auf dem Altar lag.

»Na, schön. Was im Namen des Göttlichen ist hier vorgegangen?«

Korinaams schmalen Lippen zitterten, doch es kamen keine zusammenhängenden Worte über sie. Seine Augen waren trüb.

»Sprich, Mann! Sag es mir!«

»Sie dachten ...«, sagte der Gestaltwandler unter äußerster Mühe und mit schwacher, zitternder Stimme, »ich ... spioniere ... Feinde ...«

»Feinde? Die Gestaltwandler aus dem Hochland, meinst du. Ihr Name bedeutet hier ›Feinde‹. *Eililylal.*«

Als Toikella dieses Wort hörte, grunzte er vernehmlich vor Überraschung.

»Sprich weiter«, sagte Harpirias zu Korinaam. »Der König hat gedacht, du wärest ein Spion für die wilden Gestaltwandler da oben. Ist es das?«

Korinaam nickte schwach.

»Und wollte dich auf dem Altar opfern?«

Ein weiteres Nicken.

»Ich sollte es zulassen!«

»Ihr wißt, daß ich kein Spion bin.« Korinaam bekam die Worte kaum heraus. »Bitte. Bitte, Prinz, sagt ihm das.«

»Du willst, daß *ich* es ihm sage?«

»Ich habe … zu viel Angst …« Das leiseste Flüstern.

»Zu viel Angst, um ihn um dein eigenes Leben zu bitten?«

»Bitte … bitte …« Der Metamorph auf dem Alter zitterte und bebte.

Er schien vor Angst den Verstand verloren zu haben. Harpirias schnaubte frustriert. Der König wirkte nervös. Er schien bereits drauf und dran zu sein, das große Schwert wieder aus dem Boden zu ziehen.

Es war an der Zeit, eine höhere Gewalt anzurufen.

»Coronal!« rief Harpirias und winkte bedeutungsschwanger mit den Armen. »Co-ro-nal.« König Toikella runzelte die Stirn. »Coronal«, sagte Harpirias erneut und legte einen Befehlston in seine Stimme. Er deutete auf den Himmel. »Lord Ambinole. Coronal von Majipoor.«

Er suchte nach Worten. Doch in der Verwirrung des Augenblicks ließ sein Othinor ihn im Stich. Die Gespräche mit Ivla Yevikenik in der Zurückgezogenheit seiner Kammer waren ihm viel leichter gefallen.

Plötzlich war das Wenige, das Harpirias an Grammatik gelernt hatte, wie weggeblasen, und auch die Hälfte seines Vokabulars hatte er vergessen. Doch er mußte weitersprechen. Ihm fiel das Othinor-Wort ein, das seines Erachtens »Lordschaft« bedeutete, und er sagte es: *»Helminthak.«* Das Wort schien irgendeine Wirkung auf den König zu haben. Dann zeigte Harpirias auf Toikella und schüttelte nachdrücklich den Kopf. Langsam sagte er auf Majipoori: »Du darfst ihn nicht töten. Coronal sagt, darfst nicht töten. Darfst ... nicht ... töten. Diener des Coronals!«

Toikella wirkte verwirrt. Doch die Schwertspitze blieb erst einmal im Boden stecken.

»Co-ro-nal«, sagte Harpirias erneut, sprach langsam und sorgfältig, als wären die Worte ein mächtiger Talisman. »Coronal von Majipoor. *Helminthak.*» Er stellte pantomimisch dar, man solle Korinaams Fesseln lösen, und der Gestaltwandler sollte sich erheben. Toikella starrte ihn an. Und starrte. Und starrte. Seine Augen wurden immer größer. Ein leises Knurren kam über seine Lippen.

Er ist bestimmt der Ansicht, ich sei verrückt geworden, dachte Harpirias.

Dann wurde ihm klar, daß der König gar nicht ihn, sondern jemand oder etwas hinter ihm anstarrte. Wollten die Stammeskrieger, die sich leise genähert hatten, einen Angriff wagen? Hatten die Skandars etwas vor?

Harpirias schaute kurz über seine Schulter.

Ivla Yevikenik stand dort. In der frostigen Nachtluft trug sie nur einen kurzen Mantel aus locker genähten Häuten, den sie achtlos über nackte Haut geworfen hatte. Furcht und Unsicherheit standen auf ihrem

Gesicht geschrieben. Sie war die einzige Frau des Stammes am Altar und hatte hier offensichtlich nichts zu suchen. Der Ausdruck des Erstaunens und der kaum unterdrückten Wut auf dem Gesicht ihres Vaters schien dies zu bestätigen. Aber als sie Harpirias ansah, begannen ihre Augen vor unmißverständlicher Liebe zu leuchten.

Sie hat gesehen, daß es Schwierigkeiten gibt, und ist zu mir gekommen, um mir ihre Hilfe anzubieten, sagte er sich. Damit hat sie ein großes Risiko auf sich genommen. Das muß es sein. Muß es.

Mit einer schnellen Bewegung griff Harpirias nach der jungen Frau, faßte sie sanft, aber fest am Handgelenk und zog sie an seine Seite. Er legte einen Arm um sie, so daß sie beide dem König wie ein einziges Wesen gegenüberstanden. Ihre Wärme an seinem Körper war ihm in der beißend kalten Nacht sehr willkommen.

Er sprach zögernd, so gut er es mit seinem langsamen und kaum verständlichen Othinor konnte, griff auf viele Gesten und Pantomimen zurück, um ihr zu erklären, daß er tatsächlich ihrer Hilfe bedurfte und Korinaam vor Toikellas Zorn verschont bleiben mußte.

Verstand sie ihn? Es trieb ihn fast in den Wahnsinn, mit diesen Leuten nicht klar und deutlich mit Worten kommunizieren zu können. Doch sie schien zumindest einen Teil dessen, was er ihr sagen wollte, verstanden zu haben. Sie sprach lange mit ihrem Vater, der die Stirn runzelte und brummte, ihr aber zumindest zuhörte, wenn auch nur zögernd. Als sie schließlich geendet hatte, antwortete er lediglich mit ein paar kurzen Silben. Sie sprach erneut; und wieder antwortete der König, diesmal ausführlicher. Dann gab er einem seiner Männer ein Zeichen. Die Fesseln, die Korinaam auf dem Altar hielten, wurden gelöst.

Stockend erklärte das Mädchen Harpirias, was er im wesentlichen bereits wußte: Daß die Othinor Korinaams Aufbruch in die Hochlande und seine Rückkehr beobachtet hatten und der Ansicht waren, er wolle das Dorf irgendwie an seine Verwandten aus den Bergen verraten. Als vermeintlicher Verbündeter der *Eililylal* war Korinaams Leben für die Othinor daher verwirkt. Nur aus Gefälligkeit gegenüber dem großen Lord Coronal von Majipoor sei der Gestaltwandler verschont worden, sagte sie. Doch sollte Korinaam erneut versuchen, mit den *Eililylal* Kontakt aufzunehmen, würde er ungeachtet dessen sterben.

»Nein«, sagte Harpirias. »Er ist nicht der Verbündete der *Eililylal*. Er ist der Feind der *Eililylal*. Sag dem König das.«

Sie schaute ihn fragend an. Er wiederholte es, langsam und mit Gesten. Es folgte ein weiteres langes Gespräch zwischen Ivla Yevikenik und dem König, zu leise und schnell, als daß Harpirias ihm irgendeinen Sinn hätte entnehmen können. Er hörte, daß das Wort *Eililylal* mehrmals wiederholt wurde. Einmal ergriff der König sein Schwert und schüttelte es wütend.

»Ich könnte dir selbst die Kehle durchschneiden«, sagte Harpirias zu Korinaam. »Sieh dir den Schlamassel an, den du verursacht hast! Jetzt übersetze endlich, was sie sagen! Werden sie dich töten oder nicht?«

Der Gestaltwandler hatte sich erhoben und stand zitternd neben ihm. Er schien sich etwas von seiner Furcht erholt zu haben. »Der König wird mich am Leben lassen«, sagte er mit zögernder, zitternder

Stimme. »Aber ich soll sofort aus dem Dorf verjagt werden.«

»Was? Was? Beim Göttlichen ...«

»Ihr selbst dürft bleiben«, sagte Korinaam. »Die Vertragsverhandlungen werden weitergehen.«

»Ohne einen Dolmetscher? Und wer wird uns nach Ni-moya zurückführen, wenn das vorbei ist? O nein, nein, Korinaam, wir werden nicht zulassen, daß du ausgestoßen wirst!« In Harpirias Verstand keimte eine Idee. Er ließ Ivla Yevikenik los und griff statt dessen nach dem Metamorph, packte ihn an dem lockeren Gewebe seines Halses. »Vielmehr wirst du wieder in diese Berge hinaufsteigen und die *Eililylal* suchen, und du wirst ihnen befehlen, diese Gegend zu verlassen. Und du wirst den Befehl mit aller unheimlichen Gestaltwandler-Magie durchsetzen, die du aufbringen kannst.«

Korinaam schaute völlig entsetzt drein.

»Was sagt Ihr da? Magie? Ich bin kein Magier, Prinz! Ich bin einfach jemand, der Besucher führt, die die Nordlande sehen wollen. Sucht Euch einen kleinen Vroon, wenn Ihr es auf Zauberei abgesehen habt. Und diesen Leuten zu befehlen, irgend etwas zu tun – wie könnte ich dazu imstande sein?«

»Du wirst es trotzdem tun, und mehr gibt es dazu nicht zu sagen.« Harpirias ließ Korinaams Gewand los und stieß ihn ein paar Schritte zurück. »Erkläre deinem Vater«, sagte er zu Ivla Yevikenik, »daß wir ihm unsere Dienste anbieten, sein Land von den *Eililylal* zu befreien. Kannst du mir folgen? *Eililylal – raus*. Wir werden tun! Korinaam und ich, mit meinen Soldaten. Ja? Keine *Eililylal* mehr! Bei meinem feierlichen Eid.

Aber Korinaams Hilfe ist nötig. Sehr nötig. Sag ihm das!«

Das Mädchen lächelte, drehte sich zu seinem Vater um und begann zu reden.

»Prinz, was versprecht Ihr ihnen?« fragte Korinaam. Sein Gesicht war ein Bild der Qual und Verzweiflung.

»Ich habe folgendes im Sinn«, sagte Harpirias. »Ich werde es dir erklären, und wenn du dann der Ansicht bist, wieder bei Sinnen zu sein, wirst du es dem König für mich erklären. Ich will, daß du dich anstrengst und ihn wissen läßt, daß du ein mächtiger Zauberer bist, und daß du in seinem Namen deine gesamte Energie und Macht aufwenden wirst, um die wilden Gestaltwandler aus den Bergen, die du verabscheust und verachtest, zu vertreiben. Ist das klar? Sag ihm, daß das Heer des Lord Coronal von Majipoor, von mir persönlich geführt, am Morgen in das Hochland zurückkehren und alles daransetzen wird, die *Eililylal* zu beeindrucken, während du deine Zaubersprüche einsetzt. Und als Gegenleistung für das alles wird der König, sobald die *Eililylal* ordnungsgemäß vertrieben worden sind, die Geiseln freilassen, und wir werden uns von diesem Dorf verabschieden, und danach werden alle glücklich und zufrieden leben. Sag ihm das, Korinaam.«

»Prinz ... diese Sache mit den Zaubersprüchen ...«

»Sag ihm, was ich dir gerade aufgetragen habe«, befahl Harpirias unheilvoll. »Jedes Wort, genau so, wie ich es gesagt habe. Ivla Yevikenik hört zu, und sie wird mir berichten, ob du genau übersetzt hast. Wenn du versuchst, mich hereinzulegen, kann dir nichts mehr helfen, Korinaam. Dann werde ich den König wissen lassen, daß ich nichts dagegen habe, wenn er dich wieder auf diesen Altar legen und dir die Kehle durchschneiden will, und daß ich ihm sogar persönlich helfen werde, dich zu fesseln. Hast du das verstanden, Korinaam? Hast du verstanden?«

»Ja, Prinz. Ich habe verstanden.«

»Gut. Dann sag es ihm.«

KAPITEL 16

Es war natürlich leichter gesagt als getan, die *Eililylal* zu finden. Drei Tage dauerte es, drei harte Tage mit Märschen kreuz und quer durch die Hochlande, während der Nordwind fast unablässig blies und gelegentlich leichter Schneefall einsetzte, um Harpirias daran zu erinnern, daß der kurze Othinor-Sommer bereits fast zu Ende war.

Mehr als einmal befürchtete er, er würde sich mit seinem Plan lächerlich machen. Eine große Streitmacht war in die Berge gezogen: nicht nur Korinaam, Harpirias und die gesamte Truppe der Skandars und Ghayrogs, sondern auch König Toikella und der Hohepriester Mankhelm sowie etwa dreißig oder vierzig Krieger des Stammes. Für diesen dünn besiedelten Teil der Welt war dies ein gewaltiges Heer. Bestimmt würden die *Eililylal*, wenn sie solch eine Truppe die Bergwand vom Dorf ins Hochland hinaufkommen sahen, Fersengeld geben und in ihr eigenes Gebiet hoch im Norden zurückeilen, bis es ihnen wieder ungefährlich erschien, sich erneut in die Nähe der Othinor zu wagen.

Doch Harpirias zählte auf zwei Umstände, von denen er hoffte, sie würden zu seinen Gunsten wirken. Der eine war der Schaden, den die wilden Gestaltwandler den Hajbaraks des Königs zufügen wollten. Er nahm an, daß es sich nur um ein Vorspiel für weitere, ausgeklügeltere Feindseligkeiten gehandelt hatte, die sie in Betracht zogen, nachdem sie die ersten beiden der Tiere getötet und ins Dorf hinabgeworfen hatten. Da es dazu noch nicht gekommen war, hielten sie sich wahrscheinlich noch irgendwo in der Nähe auf.

Der andere Faktor war die schiere Boshaftigkeit der *Eililylal*: ihre offensichtliche Neigung, Ärger zu machen, ihr Eifer, die heiligen Tiere des Königs abzuschlachten und ins Dorf hinabzuwerfen, auf einem hohen Kamm obszön zu tanzen und zu hüpfen, wenn der König aus dem Dorf kam, um nach ihnen zu suchen, oder der Empfang, den sie Korinaam bereitet hatten. Diese größere Streitmacht mit ihrer Vielzahl von bewaffneten Othinor-Kriegern und den schwerfälligen Skandars mochte sie vielleicht in Versuchung führen, sich aus ihrem Versteck zu wagen und sie noch lebhafter zu verhöhnen als zuvor.

Und genauso kam es schließlich.

Sie tauchten auf, als Harpirias schon fast die Hoffnung aufgegeben hatte, sie noch zu finden, und König Toikella Korinaam bereits immer düstere Blicke zuwarf. Mankhelm sah sie zuerst. Der hagere Hohepriester hatte den Weg verlassen, um auf einem Felsvorsprung, der einen Blick in eine flache Seitenschlucht bot, allein ein Morgenritual durchzuführen. Plötzlich kam er Hals über Kopf zurückgelaufen, seine heiligen Bänder und Beutel mit geheimen Pulvern lokker in einer Hand haltend und mit der anderen heftig winkend. »*Eililylal*!« rief er laut. »*Eililylal*!«

Sie hatten sich auf den oberen Klippen der gegenüberliegenden Wand der kleinen Schlucht aufgestellt: eine Gruppe dürrer, zerlumpt aussehender Gestalten, zwanzig, dreißig, vielleicht sogar fünfzig von ihnen, die auf den Felsen kauerten und stumm zum Heer der Othinor hinabschauten.

Die Entfernung zu ihnen war nicht groß; es schien möglich, einfach hinüberzugreifen und sie zu berühren. Im hellen Sonnenschein des Morgens stand außer Zweifel fest, daß es sich um Metamorphe handelte. Sie hatten deren lange, zerbrechliche und schwächliche Körper, die minimalen Gesichtszüge, die hellgrüne Haut. Sie schienen dort drüben ein Lager mit fünf oder sechs einfachen Zelten aus grob bearbeiteten Tierhäuten aufgeschlagen zu haben. Werkzeuge und einfache Waffen lagen vor ihnen verstreut – Speere, Pfeile und Bögen und vielleicht Blasrohre. Sie sind Wilde wie die Othinor, dachte Harpirias. Tierische, primitive Geschöpfe, die in diesem unbarmherzigen Land ein dunkles und gefährliches Leben führen.

Sie hatten zwei von Toikellas Hajbaraks bei sich. Die großen Vierfüßer mit den dichten Fellen lagen auf der Seite mit zusammengebundenen Füßen und schauten traurig in den Himmel. Sehr wahrscheinlich, argwöhnte Harpirias, hatten die *Eililylal* den heiligen Tieren gerade Leid zufügen wollen, um Toikella erneut zu erzürnen, doch damit innegehalten, als Mankhelm sie bemerkt hatte.

Harpirias warf Korinaam einen Blick zu. »Sag dem König«, trug er ihm auf, »er soll die Hälfte seiner Krieger nach rechts und die andere Hälfte nach links schikken. Es sollte möglich sein, nicht weit von hier auf die andere Seite dieser Schlucht zu gelangen. Sie sollen auf beiden Seiten der *Eililylal* Position beziehen und dort auf Befehle warten.«

Während Korinaam diese Anweisungen weitergab, ließ Harpirias seine eigenen Soldaten zum Rand der Schlucht vortreten und gegenüber von den Metamorphen in einer langen Reihe Aufstellung beziehen. Dort hielten sie ihre Energiewerfer bereit und warteten.

»Und jetzt«, sagte Harpirias zu dem Gestaltwandler, »trittst du an den Rand des Felsvorsprungs und rufst deinen Freunden dort drüben etwas zu. Sag ihnen in deiner Sprache, daß du ihnen im Namen aller Götter der Piurivar den Befehl erteilst, das Territorium der Othinor sofort zu verlassen.«

»Sie werden kein Wort von dem verstehen, was ich sage.«

»Sehr wahrscheinlich wird dem so sein. Tu es trotzdem. Sag ihnen, daß die Götter in ihrer heiligen Weisheit dieses Territorium den Unveränderlichen zugeteilt haben, oder wie auch immer ihr uns nennt, und daß alle Piurivar sofort von hier fortgehen müssen.«

»Wir haben keine Götter in dem Sinn, den Ihr ...«

»Ihr habt *irgend etwas*, das ihr als göttlich betrachtet. Beschwöre es.«

Korinaam seufzte. »Wie Ihr wünscht, Prinz.«

»Und für den Fall, daß du es nicht weißt, sollte ich dir sagen, daß Eskenazo Marabaud die Sprache der Piurivar fließend spricht.« Soweit Harpirias wußte, entsprach dies nicht der Wahrheit; doch er bezweifelte, daß Korinaam seinen Bluff durchschauen würde. »Sollte er mir mitteilen, daß du irgend etwas Verräterisches statt dem gesagt hast, was ich dir aufgetragen habe, werde ich dich eigenhändig von diesem Felsvorsprung stoßen, Korinaam.«

»Welchen Verrat könnte ich schon begehen?« sagte der Gestaltwandler mit eisiger Kälte. »Ich habe Euch bereits erklärt, daß diese Geschöpfe dort drüben keine einzige zivilisierte Sprache beherrschen.«

»Gesagt hast du mir das, ja. Aber weiß ich deshalb, ob es auch stimmt?«

Zorn flammte in Korinaams Augen auf. »Ich werde Eure Befehle befolgen, Prinz, und nichts als Eure Befehle. Darauf könnte Ihr Euch verlassen.«

»Gut. Ich danke dir. Nachdem du also deine kleine Ansprache über den Willen der Piurivar-Götter gehalten hast, wirst du mit dem Zaubern anfangen. Du wirst Zaubersprüche hervorbringen, wie sie dir in den Sinn kommen; ich weiß, daß du darin gut bist. Rufe irgendeinen verrückten Hokuspokus, der dir gerade einfällt. Befleißige dich aber eines angemessen ehrfurchtgebietenden, beschwörenden Tonfalls. Und ich möchte, daß du währenddessen kreischt und heulst und herumtanzt, genau, wie die *Eililylal* es getan haben, als wir das letzte Mal hier oben waren. Aber fünfmal so heftig und laut.«

Korinaam schnappte erstaunt nach Luft. »Das ist doch sicher nicht Euer Ernst?«

»Du wärest klug beraten, es dafür zu halten.«

»Dann verlangt Ihr sehr viel von mir. Das ist eine Arbeit für einen Clown, Prinz. Haltet Ihr mich für einen Gaukler? Vielleicht für jemand aus dem Ständigen Zirkus von Dulorn?«

»Man muß kein Bühnenschauspieler sein, um zu kreischen und zu heulen, Korinaam. Gib einfach alles, was du hast, halte nichts zurück, tobe wie verrückt und springe herum. Kannst du mir folgen? Ich möchte, daß du ihnen angst machst. Ich möchte, daß du *dir selbst* angst machst. Benimm dich so, daß man dich einsperren würde, wenn du es auf den Straßen Ni-moyas tätest. Hast du verstanden? Das ist nicht der Zeitpunkt, schüchtern zu sein, Korinaam. Widme dich der Aufgabe mit vollem Herzen. Oder was auch immer bei euch als Herz fungiert.«

»Aber das ist erniedrigend, Prinz! Was Ihr von mir verlangt, verstößt gegen mein Temperament, meinen Charakter, gegen meine Integrität!«

»Ich nehme deine Einwände hiermit zur Kenntnis«, sagte Harpirias ruhig. »Ich erinnere dich daran, daß im Dorf ein Altar auf dich wartet, solltest du deine Mitarbeit verweigern.«

Korinaam funkelte ihn düster an, sagte aber nichts.

»Und während du deine Zaubersprüche intonierst«, fuhr Harpirias fort, »wirst du auch eine Reihe höchst dramatischer Veränderungen vornehmen.«

»Veränderungen?«

»Ja, Veränderungen. Körperliche Metamorphosen. Gestaltwandlungen. Ich glaube, es ist bekannt, daß die Piurivar diese Fähigkeit haben. Du wirst deine Gestalt verändern. Dein gesamtes Repertoire, und vielleicht noch ein paar Wandlungen, die du noch nie zuvor versucht hast. Je seltsamer, desto besser. Verstehst du, was ich meine? Ich will, daß du dich in sechs verschiedene Arten von Ungeheuern verwandelst. Ich will, daß du dämonisch und entsetzlich aussiehst. Ich will, daß du deinen Vettern dort drüben zeigst, daß du ein absoluter Meister der Zauberei und Hexenkunst bist, und daß du alle Mächte der Dunkelheit auf sie hetzen wirst, wenn sie dir nicht gehorchen. Es wird deine Aufgabe sein, dich so entsetzlich zu zeigen, wie auf diesem Planeten noch nie jemand ausgesehen hat. Ein diabolischer Menschenfresser. Ein Wesen, das den schlimmsten Alpträumen entsprungen ist.«

Die Augen des Gestaltwandlers glühten hell vor Zorn.

»Was Ihr von mir verlangt, Prinz, ist ...«

»Ich verlange nur, daß du tust, was ich dir befehle.«

»Ich wiederhole: Ich bin kein Clown. Ich bin kein Schauspieler. Und ich bin auch kein Wilder, Prinz. Dort zu stehen, zu heulen und idiotisch zu kreischen und überdies noch vor allen anderen solche Veränderungen vorzunehmen, nicht nur vor ihnen, sondern auch noch vor Euern Männern und dem König der Othinor ... das würde mich auf ewig beschämen.«

»Geh, Korinaam. Die Zeit wird knapp.«

»Prinz, ich bitte Euch ... ich flehe Euch an ...«

»Der Altar, Korinaam. Vergiß den Altar nicht. Geh jetzt. Schnell! Es liegt keine Schande darin, seine Pflicht zu tun. Deine Rolle ist heute von ausschlaggebender Bedeutung. Du hast gesagt, diese Geschöpfe wären wie Tiere. Nun, dann zeige es ihnen, aber übertreffe sie noch. Benimm dich wie ein Wilder. Überflügle sie zehnfach. Benimm dich, als hinge dein Leben davon ab. Und das trifft ja auch zu, wie du weißt.«

Korinaam gab keine Antwort; aber er warf Harpirias einen so deutlichen Blick des Abscheus zu, daß man damit einen Gletscher hätte schmelzen können. Harpirias reagierte mit einem freundlichen Lächeln und stieß den Gestaltwandler sanft zum Rand des Felsvorsprungs hinüber.

Die hervorspringende Steinplatte, auf der Korinaam stand, erinnerte tatsächlich fast an eine kleine Bühne. Die *Eililylal* auf der anderen Seite der Schlucht schienen neugierig hinüberzuschauen, als der düster dreinblickende Metamorph seine Position einnahm.

Er schwieg eine Weile, atmete tief ein und schaute zu Boden. Dann hob er den Kopf, riß die Arme hoch und spreizte sie. Er schnippte zwei- oder dreimal mit den Fingern und gab ein leises Summen von sich, daß man sogar auf dieser Seite der Schlucht kaum hören konnte.

»Lauter, Korinaam«, sagte Harpirias. »Wilder. Verändere jetzt deine Gestalt.«

»Prinz, das ist lächerlich!«

»Der Altar, Korinaam. Der Altar.«

Der Gestaltwandler nickte. Er streckte erneut die Arme aus. Abrupt verschmolzen die Umrisse seiner Gestalt, und seine Arme wurden zu langen, tauähnlichen Tentakeln, die aus eigenem Antrieb in gequälten, schlangenähnlichen Mustern zu zucken anfingen. In die *Eililylal* geriet Bewegung; sie sahen einander an.

»Sehr gut«, sagte Harpirias. »Und jetzt einen Zauberspruch.«

»Ja doch. Laßt mir noch einen Augenblick Zeit, ja?«

Korinaams Körper veränderte sich wieder. Seine Schultern dehnten sich aus und zogen sich heftig zusammen; seine Haut wurde faltig und stachlig; seine Beine verwandelten sich in haarige Räder; seine Arme wurden wieder starr und zu Keulen, Speeren, langen Ruten mit Widerhaken.

»Dekkeret!« rief er plötzlich. *»Tyeveras Kinniken Malibor Thraym!«*

Harpirias lächelte. Also hatte der Gestaltwandler doch einige geschichtliche Kenntnisse. Das waren die

Namen von Coronals und Pontifizes aus grauer Vorzeit, und Korinaam machte eine Beschwörung daraus!

»Gut«, murmelte Harpirias. »Mach weiter so! Schneller! Wilder!«

Aber diese Ermunterung war kaum nötig. Korinaam schien alle Hemmungen abgeworfen zu haben und ging jetzt voll zur Sache. Seine Gestalt vollzog so groteske Wandlungen, daß Harpirias es kaum glauben konnte – er dehnte sich zu gewaltiger Länge aus, zog sich dann wie ein Stück Gummi scharf zusammen, bis er kaum mehr war als ein zusammengepreßter Würfel, und schoß dann hundert hellrosa Auswüchse heraus, die mit wahnsinniger Intensität zuckten und zitterten. Hellblaue Augen leuchteten an der Spitze eines jeden gummiähnlichen Stabs. Wirbel und Schlaufen aus ausgestoßenem Plasma erhoben sich aus seinem Körper. Und während der ganzen Zeit rief er weiterhin die Namen uralter Monarchen, krähte sie, brummte sie, sang sie mit einer unheimlichen, hohen Stimme, in wilden Modulationen, die jedem Musiker augenblicklich die Tränen in die Augen getrieben hätten und glitt zwischen den konventionellen Intervallen der Tonleiter hin und her:

»Voriax! Valentine! Segilot! Guadeloom, Struin, Arioc! Grivvis! Histifoin! Prankipin, Hunzimar, Spurifon, Scaul!« Und dann zischte er auf fürwahr entsetzliche Art und Weise einen weiteren Namen: *»Stiamot. Stiamot. Stiamot.«* Er begleitete den Namen des Unterwerfers seiner Spezies mit einer Folge explosiver Wandlungen, die ihn dermaßen hektisch auf dem Felsvorsprung hin und her warfen, daß Harpirias einen Augenblick lang befürchtete, er würde hinabstürzen.

Offensichtlich waren Korinaam die Namen von

Coronals mittlerweile ausgegangen. Nun sang er statt dessen Städte und Orte, während er in wilder Ekstase vor und zurück tanzte:

»Bimbak, Dundilmir, Furible, Chi! Dulorn! Ni-moya! Falkyn-kip! Divone! Ilirivoyne, Kiridane, Mazadone, Nissimorn! Numinor! Pidruid! Piliplok! Gren!«

Es war eine brillante Darstellung. Selbst Harpirias erschütterte die schreckliche Intensität von Korinaams stakkatohaften Schreien und anscheinend endlosen Metamorphosen. Fast glaubte er selbst, daß hier *echte* Zaubersprüche intoniert wurden, daß der Gestaltwandler in der kühlen Bergluft dieses Ortes echte Piurivar-Magie bewirkte.

Was die *Eililylal* auf der anderen Seite der Schlucht betraf, so waren sie davon wie hypnotisiert. Vielleicht glaubten sie, Korinaam habe den Verstand verloren, vielleicht nahmen sie aber auch seine Zaubersprüche ernst – wer konnte das sagen? Sie saßen starr da und beobachteten ihn unablässig.

Aber Harpirias wußte, daß diese Vorstellung nicht ewig weitergehen konnte. Sicher waren die metamorphischen Fähigkeiten eines Piurivar nicht dazu geschaffen, ein solches Tempo von Veränderungen durchzuhalten; und wie ausdauernd Korinaams schlanker Körper auch sein mochte, es war ihm nicht möglich, weiterhin so zu tanzen, springen und zu kreischen, ohne sich völlig zu verausgaben.

Es war an der Zeit für die nächste Phase. Harpirias bedeutete seinen Soldaten, sich darauf vorzubereiten, das Feuer zu eröffnen. Sie legten ihre Waffen an und warteten auf den nächsten Befehl.

»Na schön«, sagte er dann zu Korinaam. »Bring es

zu einem Höhepunkt. Alles, was du hast. Alles, Korinaam.«

»Danipiur!« brüllte Korinaam. *»Pontifex! Coronal! Toikella! Majipoor!«*

Er kräuselte sich und zerfloß, durchlief das gesamte Farbspektrum und vollzog ganz neue, stürmische Veränderungen seines Körpers, nahm nun die Gestalt eines Tiers an, imitierte dann Felsen oder Bäume, präsentierte sich im einen Augenblick als reine Geometrie, wurde im nächsten zu einer unfaßbaren Zusammenballung aus Tentakeln und knackenden Klauen und ging dann zum Schluß aus dem blendenden Durcheinander der erstaunlichen Metamorphosen als Abbild König Toikellas selbst hervor. Aber es war ein Toikella, der viel größer war als in Wirklichkeit, ein gigantischer Toikella, ein Toikella wie ein Berg, vier Meter groß und abgesehen von dieser Größe mit dem Original bis in die letzte Kleinigkeit identisch. Es war ein erschreckender Anblick. Der echte Toikella, der auf einer Seite stand und die gesamte Aufführung beobachtet hatte, wirbelte nun herum, starrte den Gestaltwandler an und stöhnte vor Überraschung. Harpirias sah in diesem Moment in den Augen des Königs echte Furcht aufkommen.

»Feuer frei!« rief Harpirias.

Drei laute Knalle hallten durch die dünne, kühle Gebirgsluft, und dann drei weitere, und wieder drei, und noch einmal. Blitze aus purpurner Energie zuckten über die Schlucht und schlugen gegen die eisüberzogenen Gipfel hoch über dem Vorsprung, auf dem die kleine Gruppe der *Eililylal* stand und sie beobachtete. Brocken lohfarbenen Steins in der Größe von Meeresdrachen wurden losgerissen und stürzten mit ohrenbetäubendem Krachen hinab. Als sie aufschlugen, zersplitterten sie und schickten gewaltige Schauer faustgroßer Bruchstücke in die Tiefen der Schlucht. Von den *Eililylal* stieg ein leises Stöhnen des Entsetzens auf.

»Noch einmal«, sagte Harpirias. »Zielt etwas tiefer.«

Eine zweite Salve von Energieblitzen überquerte die Schlucht. Die purpurnen Energielanzen schlugen unmittelbar unter den Narben der ersten Salve in die Felswände und meißelten große Steinplatten heraus. Ein weiterer ohrenbetäubender Niederschlag aus Felsplatten und -blöcken senkte sich. Harpirias spürte die Erschütterung unter seine Fußsohlen: Es war wie ein Erdbeben. Die gesamte Bergkette schien zu erzittern. Er glaubte, die Welt würde unter ihm auseinanderbrechen.

»In Ordnung«, sagte er. »Feuer einstellen.«

Allmählich erstarb der Lärm des zweiten Steinschlags. Ein paar letzte Brocken stürzten den Abgrund hinunter und erzeugten dabei ein schwaches Echo; dann war alles still. Tiefe Ruhe folgte: die schreckliche Ruhe des Morgens, an dem die Welt erschaffen worden war. Durch die klare, frische Luft zogen kleine, von der Sonne golden gefärbte Wölkchen aus Felsstaub. Auf der anderen Seite standen die *Eililylal* wie betäubt da, wie versteinert, vor Entsetzen zu Statuen erstarrt.

In diesem fürchterlichen Augenblick der völligen Stille drehte Harpirias sich zu Korinaam um. »Und jetzt sagst du dem König, er soll ...«

Aber dann sah er ein, daß es sinnlos war, den Satz zu Ende zu führen. Geschwächt von seiner gewaltigen

Anstrengung, jeder Kraft beraubt, war der Metamorph – der wieder seine eigentliche Gestalt angenommen hatte – zu einem schlaffen Haufen zusammengesunken. Er hatte die Arme gegen die eingefallene Brust gedrückt, und sein gesamter Körper schien vor äußerster Erschöpfung zu zittern. Harpirias wußte, daß er ihm im Augenblick keine Dienste mehr leisten konnte.

Er drehte sich selbst zum König um. Doch erneut fand er nicht die Othinor-Begriffe, die er suchte. »Deine Krieger«, sagte er und stellte pantomimisch eine mit Speeren bewaffnete Gruppe dar. »Schicke sie jetzt aus. Gegen die *Eililylal*! Jetzt! Jetzt!« Er vollzog die Bewegungen eines Angriffs und eines Massakers nach.

Doch Toikella starrte ihn lediglich an. Der König verstand die Worte in Majipoori natürlich nicht, die Harpirias gesprochen hatte; aber das war nicht das Problem. Toikella schien vor Erstaunen und Furcht genauso gelähmt zu sein wie seine Feinde auf der anderen Seite der Schlucht. Er erweckte den Eindruck, als habe man ihm eins mit einer Keule übergezogen. Sein Unterkiefer hing hinab, seine Augen waren trüb. Es stand außer Zweifel, daß Korinaams bizarre Darstellung eine tiefe Wirkung erzielt hatte, besonders ihr Höhepunkt; aber ganz offensichtlich verblüfften ihn am meisten die Zerstörungen, die Harpirias Soldaten mit den Energiewerfern bewirkt hatten. Nichts im Erfahrungsschatz des Königs hatte ihn auf den Anblick vorbereiten können, moderne Waffen Majipoors in Aktion zu sehen.

Mankhelm war in keiner besseren Verfassung. Er war auf die Knie gefallen, schaute völlig benommen drein und fummelte an den heiligen Knochen und Amuletten herum, die an einer Lederschnur um seinen Hals baumelten.

Überdies befanden sich, wie Harpirias nun feststellte, gar keine Kämpfer der Othinor auf der anderen Seite der Schlucht, die die *Eililylal* hätten aufreiben können. Die Krieger, die Toikella hinübergeschickt hatte, damit sie dort den Befehl zum Angriff abwarteten, kamen nun, zitternd und mit bleichen Gesichtern, in Zweier- und Dreiergruppen zurückgeschlichen. Harpirias riß wütend die Arme hoch. »Nein!« rief er. »Geht wieder hinüber! Hinüber! Hinüber! Dort drüben! Bei der Lady, verfolgt die *Eililylal*, solange ihr die Gelegenheit habt!«

Stumm, verwirrt, nichts begreifend, starrten sie ihn einfach an.

Dann schaute Harpirias wieder hinüber, und mit einem Blick erkannte er, daß ein Angriff überflüssig war. Die *Eililylal* waren verschwunden. Sie hatten sich aus ihrer entsetzten Lähmung gelöst und waren in heillosem Durcheinander über die steinigen Bergpfade geflohen. Ihre Bündel, ihre Zelte, ihre Waffen und Werkzeuge, alles, was sie aus ihrem Heimatlager irgendwo im höchsten Norden mitgebracht hatten, hatten sie einfach zurückgelassen. Die beiden gefesselten Hajbaraks lagen unverletzt an Ort und Stelle.

Es würde sehr lange dauern, vermutete Harpirias, bis die wilden Metamorphen der Berge zurückkehren würden, um König Toikellas Volk erneut zu belästigen.

Er ging zu Korinaam hinüber und legte die Hand leicht auf die schmale Schulter des Gestaltwandlers.

»Das hast du sehr gut gemacht«, sagte Harpirias

leise. »Du warst großartig. Perfekt. Sollte das Bergführer-Geschäft je nachlassen, könntest du einen Laden als Zauberer aufmachen und ein Vermögen verdienen.«

Korinaam zuckte nur mit den Achseln.

»Bist du sehr müde?« fragte Harpirias.

»Was glaubt Ihr denn?« In seiner Stimme schwang ein Anflug von Zorn und Verlegenheit und, vor allem, von tödlicher, betäubender Müdigkeit mit.

»Dann ruhe dich aus. Ruhe dich aus, solange du willst. Aber vorher sagst du dem König, daß ich mein Versprechen gehalten habe. Daß seine Feinde davongelaufen sind, daß der Krieg vorbei ist. Jetzt kann er seine Männer auf die andere Seite der Schlucht schikken, damit sie diese Hajbaraks befreien.«

KAPITEL 17

Als die Einzelheiten des Vertrags endlich ausgearbeitet wa ren, schrieb einer von Harpirias Ghayrog-Soldaten, der sich für einen begnadeten Kalligraph hielt, den Text in zweifacher Ausfertigung auf breite Rollen aus gebleichtem Leder, die Ivla Yevikenik zur Verfügung gestellt hatte. Es war sehr schönes Leder, hatte fast die Qualität von Pergament. Obwohl der Vertrag in Wirklichkeit äußerst kurz war, bloß sechs Klauseln, dauerte die Beschriftung des Leders – sehr zu Harpirias' Verärgerung – volle drei Tage. Das kam ihm als enorme Zeitverschwendung für einen solchen Firlefanz vor. Doch der Ghayrog nahm es mit seiner Handwerkskunst sehr genau.

»Welchen Nutzen haben diese schönen Buchstaben überhaupt?« fragte Harpirias den Gestaltwandler, als ihm endlich die fertigen Ausfertigungen gebracht wurden. »Der König kann kein einziges Wort Majipoori lesen. Was hier geschrieben steht, wird für ihn nicht wichtiger sein als Vogelspuren im Schnee. Sollten wir nicht wenigstens eine Kopie in Othinor verfassen?«

»Es gibt kein geschriebenes Othinor«, stellte Korinaam ein wenig selbstgefällig fest.

»Gar keine Schriftsprache?«

»Habt Ihr während Eurer Wanderungen durch das Dorf viele Bücher gesehen, Prinz?«

Harpirias errötete. »Trotzdem ... ein Vertrag, der von einem der Unterzeichner nicht gelesen werden kann ... kommt dir das nicht schrecklich einseitig vor, Korinaam?«

Der Gestaltwandler warf Harpirias einen ziemlich boshaften Blick zu. In den Tagen, die seit seinem Auftritt im Hochland verstrichen waren, hatte er einen Großteil seiner Selbstsicherheit zurückgewonnen; doch ein Rest von Groll gegen Harpirias, der ihn zu diesen Dingen gezwungen hatte, war zweifellos geblieben.

»Ach, Prinz, habt keine Furcht! Der König wird die Kopie, die wir ihm geben, bewundern und respektieren. Er wird sie in seinem Thronraum an die Wand hängen und gelegentlich zärtlich streicheln, was sollte es für eine Rolle spielen, ob er sie lesen kann oder nicht? Euch interessiert in Wirklichkeit doch nur, daß Ihr die Geiseln zurückbekommt, und das wurde ja vereinbart, nicht wahr? Sobald Ihr sie erhalten und diesen Ort verlassen habt, hat der Vertrag doch sowieso keinen Wert mehr, weder für Euch, noch für den König, oder?«

»Für mich keinen. Aber für den König vermutlich doch. Der Vertrag gibt ihm schließlich, was er sich am dringendsten ersehnt, nämlich den Schutz des Volkes dieses Tals gegen weitere Einfälle der Staatsgewalt von Majipoor.«

»Ja. Das stimmt sicherlich.« Korinaam lachte hart. »Welche kühne Seele würde es wagen, sich den heiligen Klauseln dieses Vertrages zu widersetzen? Sollte irgendwann in ferner Zukunft ein neuer Coronal so unternehmungslustig sein, ein Heer hierher zu schikken, wird derjenige, der dann auf Toikellas Thron sitzt, einfach den Vertrag von der Wand nehmen und ihn dem kommandierenden Offizier der Invasionstruppe unter die Nase halten, und dieser Offizier wird seinen Truppen sofort den Rückzug befehlen! Ist dem nicht so, Prinz? Denn so haben die Völker Majipoors schon immer diejenigen behandelt, die weniger Macht als sie haben. Sagt mir, Prinz: Ist dem nicht so?«

Harpirias ließ den harten Sarkasmus des Gestaltwandlers durchgehen. Zweifellos hatte Korinaam seine eigene Piurivar-Axt zu wetzen; aber Harpirias verspürte nicht den Drang, Lord Stiamots Krieg zehntausend Jahre später erneut auszufechten. Welche Unannehmlichkeiten die menschlichen Besiedler Majipoors Korinaams Vorfahren vor langer Zeit zugefügt haben mochten – das war jetzt uralte Geschichte und durch die Versöhnung der Rassen, die zur Zeit von Valentine Pontifex begonnen hatte, wiedergutgemacht worden, insofern Wiedergutmachung für die Aneignung einer Welt überhaupt möglich war. Welche Beschwerden auch immer Korinaam unbedingt aufrechterhalten wollte, sie gingen Harpirias nichts an. Im Augenblick interessierte ihn lediglich, diese Sache mit den Othinor zu einem Ende zu bringen.

Er betrachtete das Pergament. Die Buchstaben waren in der Tat, das mußte er zugeben, sehr schön. Was den Text betraf, so war er sehr stolz darauf: Klar im Stil hielt er die jeweiligen Verpflichtungen der unterzeichnenden Parteien genau und ohne Umschweife fest. Soweit er feststellen konnte, enthielt der Text keine Zwei- oder Mehrdeutigkeiten, nichts, das man falsch auslegen oder verstehen konnte. Der Lord Coronal von Majipoor verpflichtete sich, die Souveränität Seiner Hoheit, des Königs der Othinor, zu akzeptieren und weitere ungewollte Einfälle in dessen Reich zu vermeiden. Das Reich selbst wurde genau beschrieben: Es begann an jenem Grad nördlicher Breite von Zimroel und erstreckte sich bis zum Pol des Planeten, et cetera, et cetera. Seinerseits verpflichtete sich Seine Hoheit, der König der Othinor, augenblicklich die neun Paläontologen freizulassen, die unabsichtlich in das souveräne Gebiet des Königreichs Othinor eingedrungen waren, und ihnen die wissenschaftlichen Muster zurückzugeben, die sie gesammelt hatten, et cetera, et cetera.

Über weitere paläontologische Forschungen in dieser Gegend wurde nichts gesagt. Der König hätte deswegen mit Sicherheit gestutzt; schließlich war das wichtigste Anliegen dieses Vertrags ja das Versprechen, daß er nie wieder durch einen Kontakt mit irgendwelchen Bewohnern Majipoors belästigt werden würde. Die Wissenschaftler konnten nach ihrer sicheren Rückkehr den Coronal noch immer bitten, eine Vereinbarung mit Toikella auszuhandeln, die ihnen gestattete, ihre Forschungen auf dem Territorium der Othinor fortzusetzen. Doch Harpirias hoffte, daß irgendein anderer Botschafter und nicht er den Auftrag bekommen würde, diesen Vertrag auszuhandeln.

Es gab auch keine Klausel über die Rückführung der Kinder in die zivilisierten Teile des Planeten, die aus der Verbindung zwischen Majipoor-Vätern und Othinor-Müttern hervorgegangen waren. Harpirias hielt es für das beste, dieses Thema überhaupt nicht anzusprechen, wenngleich er deshalb ein gewisses Unbehagen in seinem Innern empfand. Die Kinder würden Othinor sein, und damit war die Sache erledigt.

»Und so«, las er, als er am unteren Teil des Leders angelangt war, *»erklären wir, der Coronal Lord Ambinole, hiermit unsere Zustimmung und geben unser ernstes königliches Gelöbnis ...«*

Harpirias schaute von seiner Lektüre auf.

»Augenblick mal«, sagte er. »Wie es hier ausgedrückt wird, ist die Unterschrift des Coronals persönlich nötig. Das habe ich nicht ...«

»Ich habe den Ghayrog gebeten, eine kleine Veränderung vorzunehmen«, sagte Korinaam sanft.

»Du hast *was*?«

»König Toikella hat nie begriffen, daß Ihr lediglich ein Botschafter seid. Er glaubt weiterhin, daß Lord Ambinole sein Gast gewesen ist.«

»Aber ich habe dir tausendmal gesagt, ihn wissen zu lassen, daß ...«

»Ich weiß Eure Besorgnis zu schätzen, Prinz. Trotzdem ... liegt unser wichtigstes Ziel nicht darin, uns der Kooperation des Königs zu vergewissern, bis die Geiseln frei sind und wir sein Territorium sicher verlassen haben? In diesem Stadium der Dinge *kann* der König nur schlecht auf die Enthüllung Eurer wahren Identität reagieren. Selbst jetzt, nachdem der Vertrag ausgehandelt wurde und zur Unterzeichnung bereit ist, könnte solch eine Enthüllung schwerwiegende Folgen haben.«

»Ich werde ihm schwerwiegende Folgen geben!« rief Harpirias. »Er hat gesehen, wozu unsere Energiewerfer imstande sind. Wenn er sich nach all den

Gesprächen, die hier stattgefunden haben, weigert, diese Männer freizulassen ...«

»O ja, sicher, Ihr könnt Euren Soldaten befehlen, einen großen Schaden anzurichten. Aber ich erinnere Euch daran, daß die Geiseln in diesem Augenblick noch in seiner Gewalt sind. Was habt Ihr erreicht, Prinz, wenn er sie töten läßt, während Eure Truppen die Macht ihrer Energiewerfer demonstrieren? Ich bitte Euch inständig, unterzeichnet das Dokument mit dem Namen des Lord Ambinole.«

»Das werde ich nicht tun. Bei Betrug ziehe ich eine Grenze.«

»Betrug ist eine sehr kleine Sünde. Ich darf Euch erneut in Erinnerung zurückrufen, daß unsere erste Absicht darin liegt ...«

»Die Geiseln freizubekommen. Richtig. Aber was geschieht, wenn der unterzeichnete Text des Vertrags den Burgberg erreicht? Was wird der Coronal sagen, wenn er sieht, daß ich seinen Namen mißbraucht habe? Nein, nein, Korinaam, ich werde als Harpirias von Muldemar unterzeichnen. Wie du schon festgestellt hast, kann König Toikella sowieso nicht lesen. Soll er die Unterschrift so interpretieren, wie es ihm beliebt.«

Und damit war das Gespräch beendet, denn in diesem Augenblick traf ein Bote des Königs ein und berichtete, das große Fest, bei dem der Vertrag formell unterzeichnet und die Geiseln übergeben werden sollten, würde jeden Augenblick in der königlichen Festhalle beginnen.

Harpirias kam es so vor, als wären seit dem anderen großen Fest in der königlichen Halle, dem am Abend seiner Ankunft, mit dem er im Land der Othinor willkommen geheißen worden war, viele Monate vergangen. Aber er wußte, daß es nicht einmal annähernd so lange her war: einige Wochen, ja, aber bestimmt keine Monate. Der Himmel blieb dieser Tage noch immer bis weit in den Abend hell, und die schweren Schneefälle des Winters hatten noch nicht eingesetzt. Und doch war ihm nun klar, warum die Geiseln hier jedes Zeitgefühl verloren, ja sogar vergessen hatten, welches Jahr man schrieb. In diesem Tal ging der eine Tag unmerklich in den nächsten über. Zweitag, Dreitag, Meerestag, Sternentag, wer konnte schon sagen, welcher gerade angebrochen war? Hier gab es keine Kalender. Die einzige Uhr war die des Himmels: die Sonne, die Sterne, die Monde.

In der Festhalle war alles genauso angeordnet wie beim erstenmal. Die schweren weißen Decken aus Steetmoyfell waren hervorgeholt und auf dem Boden ausgebreitet worden; die großen Tische aus groben Brettern, die auf Böcken aus Hajbarak-Knochen gelegt worden waren, waren zusammengebaut worden; und darauf standen die unzähligen Schüsseln und Teller und Terrinen, die bis zu den Rändern mit Nahrungsmitteln gefüllt waren. Der König saß auf seinem hohen Thron, und eine Auswahl seiner Frauen und Töchter lungerten zu seinen Füßen herum.

Ja, alles war genauso wie zuvor. In den vergangenen Wochen hatte sich lediglich Harpirias verändert; denn nun kam ihm die dichte, verräucherte Luft des großen Raums völlig natürlich vor, und die Gerüche der Nahrungsmittel, die aus den Schüsseln aufstiegen, erzeugten kein Unbehagen in seiner Magengrube, sondern regten tatsächlich seinen Appetit an, denn er hatte sich an das getrocknete, sehnige Fleisch und die scharfen Soßen dieser Leute gewöhnt, an ihre gebakkenen Wurzeln und gerösteten Nüsse, ihr bitteres Bier, ihre scharfen, klebrigen Suppen und Eintöpfe. Das dissonante Kreischen und Pfeifen der Musiker des Königs war ihm nun ebenfalls vertraut, und wenn gelegentlich ein paar obszöne Worte von der Gruppe der Krieger, die an der Seitenwand standen, zu ihm hinübertrieben, grinste er manchmal verständnisvoll, denn im Lauf seiner Nächte mit Ivla Yevikenik hatte er mehr als nur ein wenig von der Sprache der Othinor gelernt.

Das Tanzen vor dem Mahl verlief ebenfalls so ähnlich wie beim erstenmal: zuerst die Frauen des Königs, dann ein schwerfälliges Solo von Toikella selbst, und dann wurde Harpirias eingeladen, sich zu ihm auf die Tanzfläche zu gesellen. Doch diesmal rief Harpirias Ivla Yevikenik aus der Gruppe der königlichen Prinzessinnen zu sich. Die Augen des Mädchens leuchteten vor Vergnügen, als es vortrat, um mit ihm zu tanzen, und auch Toikella schien auf seine dunkle und trübe Art erfreut über die Ehre zu sein, die seiner Tochter erwiesen wurde.

Nach dem Tanzen wurde gegessen, und dazu natürlich getrunken, eine Runde nach der anderen, begleitet von formellen Ansprachen in langen, pompösen Ausbrüchen der Redekunst der Othinor. Harpirias hatte an zahlreichen feierlichen Festessen auf dem Burgberg teilgenommen und verstand sich auf die Kunst, seinen Verzehr an dem starken Bier der Othinor auf das diplomatisch zulässige Mindestmaß zu beschränken: ein Nippen, während die anderen einen großen Schluck nahmen, während er so tat, als würde er das Zeug genauso gierig wie alle anderen in sich hineinschütten. Die Klugheit dieser Taktik wurde bestätigt, als die Bierkrüge weggeräumt wurden und zwei Schüsseln aus fein poliertem Stein prahlerisch auf einen langen, schmalen Tisch gestellt wurden, der am Fuß des Throns errichtet worden war. Nun betrat ein hohes Mitglied des Hofes den Raum; er trug ein hohes Alabastergefäß, aus dem er in beide Schüsseln vorsichtig eine klare, helle Flüssigkeit goß: offensichtlich irgendeinen Weinbrand oder Schnaps.

Geräusche der Ehrfurcht und Überraschung waren im Saal zu vernehmen. Harpirias vermutete, daß es sich in der Tat um ein ganz besonderes Getränk handeln mußte, das nur bei den bedeutendsten Feierlichkeiten genossen werden durfte: zum Beispiel der Krönung eines Königs oder der Geburt eines Thronerben. Oder der Unterzeichnung eines Vertrags mit einem anderen Monarchen, vermutete Harpirias.

Langsam und majestätisch stieg Toikella von seinem Thron hinab, ging zu dem Tisch, auf dem die Schüsseln standen, und hob eine mit beiden Händen hoch. Der König schaute seltsam grimmig und angespannt drein. Den ganzen Abend lang hatte er ungewöhnlich freudlos, gereizt und zurückgezogen gewirkt, selbst während des Tanzes und der lärmendsten Festivitäten; doch nun hatte er endgültig einen Gesichtsausdruck wie bei einer Beerdigung aufgesetzt. Und das stimmte nun überhaupt nicht mehr mit der vermeintlichen Freude dieses Augenblicks überein.

Was störte ihn? Was war aus seinem natürlichen Überschwang, aus seiner gewaltigen, verschwenderischen Vitalität geworden?

Er schaute zu Harpirias hinüber, und dann zu der Schüssel, die auf dem Tisch belassen war. Die Bedeutung war klar: Harpirias erhob sich, ging zum Tisch und nahm ebenfalls eine Schüssel in beide Hände, wie Toikella es zuvor getan hatte. Dann wartete er. Toikellas große Gestalt tauchte bedrückend neben ihm auf. Harpirias kam sich im Vergleich zum König wie ein Zwerg vor, wurde von ihm in den Schatten gestellt, und das beunruhigte ihn. Der finstere Blick des Königs aber machte ihm am meisten zu schaffen.

War in dieser Schüssel Gift? Wartete Toikella deshalb so nervös darauf, daß Harpirias einen Schluck davon trank?

Aber das war Unsinn, wie Harpirias genau wußte. Beide Schüsseln waren aus demselben Gefäß gefüllt worden. Toikella würde als Höhepunkt der Festlichkeiten dieses Abends wohl kaum einen gemeinsamen Selbstmord planen.

Der König hob seine Schüssel an die Lippen. Harpirias tat es ihm gleich. Einen Moment schaute der König Harpirias über den Rand der Schüssel hinweg an. In seinen Augen lag ein haßerfüllter Blick, ein Blick kaum beherrschten Zorns. Hier stimmt etwas ganz und gar nicht, dachte Harpirias. Er schaute unsicher zu Ivla Yevikenik hinüber. Sie lächelte und nickte, tat so, als würde sie die Schüssel heben und daraus trinken. Würde *sie* ihn verraten? Nein. Nein. Das Getränk konnte nicht giftig sein.

Zögernd trank er einen kleinen Schluck.

Das Zeug war wie flüssiges Feuer. Harpirias spürte, wie es sich einen Weg bis in seine tiefste Magengrube brannte. Er schnappte nach Luft, riß sich zusammen, nippte vorsichtig ein zweites Mal daran. Toikella hatte seine Schüssel bereits geleert; zweifellos erwartete er, daß Harpirias es ihm gleichtat. Der zweite Schluck war einfacher. Harpirias merkte bereits, daß ihm ein wenig schummrig wurde. In der Schüssel befand sich noch viel Flüssigkeit. Würde er das Gesicht verlieren, wenn er es nicht schaffte, sie vollständig zu leeren? Schließlich war er der persönliche Repräsentant des Coronals. In Toikellas Augen *war* er der Coronal. Er durfte nicht zulassen, daß die Ehre Majipoors vor diesen Barbaren beschmutzt wurde.

Er schluckte, und schluckte noch einmal, und mit dem dritten Schluck hatte er das Gefäß geleert. Der Schnaps hatte eine fürchterliche Wirkung. Seine Schultern zitterten heftig, fast krampfhaft. Sein Kopf pochte, und alles drehte sich. Einen Augenblick lang schwankte er und glaubte schon, er würde stürzen, doch dann beruhigte er sich und stand mit breit gespreizten Beinen sicher da.

Bei der Lady, würde der König diese Schüsseln erneut füllen?

Aber nein, er tat es nicht. Dem Göttlichen sei Dank, Toikella gab sich mit einer Portion des Zeugs zufrieden.

»Vertrag«, sagte der König barsch. Er schaute noch immer grimmig drein. »Jetzt unterzeichnen wir.«

»Ja«, sagte Harpirias. Er kämpfte gegen ein weiteres Zittern, ein weiteres Schwanken an. »Jetzt unterzeichnen wir.«

Die beiden Pergamentrollen wurden hervorgeholt und nebeneinander auf den Tisch vor dem Thron gelegt. Ein aus Knochen gefertigter Stuhl wurde für den König herangeschoben, und ein weiterer für Harpirias, und sie nahmen auch nebeneinander Platz und schauten auf die versammelten Würdenträger der Othinor. Korinaam stand in seiner Rolle als Dolmetscher und Ratgeber direkt hinter Harpirias, und Mankhelm nahm dieselbe Position hinter dem König ein.

Toikella ergriff eine Schriftrolle, hob sie mit seinen gewaltigen Tatzen hoch und studierte sie Zeile um Zeile, als könne er sie tatsächlich lesen. Dann legte er sie mit einem Brummen wieder auf den Tisch, nahm die andere Ausfertigung und untersuchte sie auf die gleiche Art und Weise. Harpirias stellte mit einer gewissen Befriedigung fest, daß der König diese Kopie verkehrt herum hielt.

»Alles gut?« fragte Harpirias ihn.

»Alles gut, ja. Wir unterschreiben.«

Korinaam reichte Harpirias eine bereits in Tinte getauchte Feder. Der Gestaltwandler beugte sich vor. »Ihr seht doch die Stelle, wo Ihr unterschreiben müßt, nicht wahr, Eure Lordschaft?« sagte er mit leiser, aber scharfer Stimme.

»Ich habe nicht die Absicht, im Namen von ...«

»Unterschreibt, Eure Lordschaft. Schnell. Ihr müßt unterzeichnen. Es gibt keine Alternative.«

Mit schnellen, wütenden Strichen schrieb Harpirias den Namen, der von ihm verlangt wurde, auf die Unterseite der Schriftrolle: *Ambinole Coronal Lord*. Es kam ihm ungeheuerlich vor, fast blasphemisch. Er schaute die betrügerische Unterschrift einen Augenblick lang an und fügte dann, bevor Korinaam Einwände erheben konnte, darunter hinzu: *Harpirias von Muldemar im Namen von Lord Ambinole.* Sollte König Toikella doch daraus lesen, was er wollte – oder konnte.

Er gab die unterzeichnete Schriftrolle dem König und erhielt dafür die andere. Toikella hatte mühsam ein kühnes, zackiges, unleserliches Gekritzel in die untere linke Ecke gemalt. Daneben schrieb Harpirias erneut den Namen des Coronals, und darunter noch einmal seinen eigenen.

Es war vollbracht. Der Vertrag war unterzeichnet.

»*Goszmar*», sagte Harpirias. »Jetzt die Geiseln.«

»*Goszmar*», brummte Toikella und nickte brüsk. Und gab ein Zeichen; die Tür der Festhalle wurde aufgestoßen, und die neun Gefangenen der Eishöhle kamen unsicher hereinmarschiert. Salvinor Hesz führte, einen wilden Blick in den Augen, die Gruppe an.

Er lief zu Harpirias und fiel auf die Knie. »Sind wir wirklich frei?«

Harpirias deutete auf die beiden Schriftrollen vor ihm auf dem Tisch. »Alles liegt in Schrift und Siegel vor. Wir brechen gleich morgen früh von hier auf.«

»Frei! Endlich frei! Und die Fossilien – ich habe gesehen, daß sie vor der Halle lagen, Prinz, die ganze Sammlung! Werden sie auch zurückgegeben?«

»Die Othinor werden Träger stellen, die sie zu den Schwebern bringen, die wir außerhalb des Dorf abgestellt haben«, sagte Harpirias.

»Frei! Frei! Kann es wirklich sein?« In heller Aufregung umarmten die Paläontologen einander. Einige schienen fast verrückt vor Freude zu sein; andere schienen nicht glauben zu können, daß ihre Gefangenschaft ein Ende gefunden hatte.

»Gib diesen Männern Fleisch und Getränke«, sagte Harpirias. »Das ist auch ihre Feier!«

Toikella stimmte mit einer verdrossenen Handbewegung zu. Mehr Bier wurde eingeschenkt; mehr Platten mit Fleisch wurden gebracht. Aber Harpirias sah, daß der König zur Seite getreten war und die Feierlichkeiten verärgert beobachtete, aber nicht an ihnen teilnahm.

Plante er als Höhepunkt des Fests irgendeinen Verrat? War das die Erklärung für seine seltsam nachdenklichen Stimmung, für die Anspannung, die ihn schon den ganzen Abend gepackt hielt?

»Dein Vater«, sagte Harpirias leise zu Ivla Yevikenik. »Was bedrückt ihn heute abend?«

Das Mädchen zögerte. Er sah, daß sie nach Worten suchte.

»Nichts bedrückt ihn heute abend«, sagte sie schließlich.

»Er ist nicht wie er selbst.«

»Er ist müde. Er ist ... ja, das ist es. Er ist müde.«

Sie gab sich kaum Mühe, überzeugend zu klingen.

»Nein«, sagte Harpirias. Er betrachtete wütend seine Fingerspitzen und verfluchte die Beschränkungen seiner Othinor-Vokabulars. Dann sah er ihr eindringlich in die Augen. »Sag mir die Wahrheit, Ivla Yevikenik«, sagte er. »Etwas stimmt hier nicht. Was ist es?«

»Er hat ... Angst.«

»Angst? *Er?* Wovor?«

Eine lange Pause. Dann: »Vor dir. Deinem Volk. Deinen Waffen.«

»Er braucht keine Angst zu haben. Wir haben einen Vertrag geschlossen. Wir garantieren die Sicherheit und Freiheit der Othinor.«

»Ihr *garantiert* sie, ja«, sagte das Mädchen. Und ihr bitterer Tonfall verriet Harpirias alles.

Der König hatte in der Tat Angst. Und er war wütend, man hatte ihn erniedrigt, und all das waren ganz neue Erfahrungen für ihn. Toikella hatte endlich begriffen, mit was für einem Gegenspieler er es in Wirklichkeit zu tun hatte, und dieses Wissen hatte einen Schmerz in ihm erzeugt, den er nicht ertragen konnte.

Vielleicht hatte Ivla Yevikenik einige von Harpirias' Schilderungen von der Größe und Pracht Majipoors an ihren Vater weitergegegeben, seine Geschichten von dem Reichtum der Ernten und der schnellen Flüsse, den vielen Bewohner, den beiden mächtigen Kontinenten, die mit unzähligen großen Städten übersät waren, und über allem die ruhige Erhabenheit des Burgbergs und des Ausmaßes des königlichen Palasts auf dessen Gipfel. Was auch immer sie von seinen Geschichten verstanden hatte, war wahrscheinlich von den Verzerrungen und Vergrößerungen ihrer weitschweifigen Phantasie zusätzlich erhöht worden, so daß das tatsächlich Großartige in das unvorstellbar Angsteinflößende verwandelt worden war – und all das hatte Ivla Yevikenik wahrscheinlich ihrem Vater eingeflößt, bis ihm ganz wirr im Kopf geworden war.

Und dann der Anblick der Energiewerfer in Aktion – diese zerklüfteten Steinklippen, die sich unter der Macht des purpurnen Lichts auflösten, das aus den Metallröhren in den Händen von Harpirias' kleiner Armee kam ... die verhaßten *Eililylal*, die wie Ungeziefer flohen, als die Felsen einstürzten ...

Kein Wunder, daß die Stimmung des Königs finster war. Zum ersten Mal in seinem Leben hatte er sich einer Macht gegenübergesehen, die sich seinem Poltern und Toben niemals unterwerfen würde. Allmählich wurde ihm klar, wie es tatsächlich auf der Welt aussah: daß sein kleines Königreich nicht hoffen konnte, gegen die Macht des riesigen, unbekannten

Reiches bestehen zu können, das irgendwo hinter seinen verschneiten Grenzen lag. Ihm dämmerte allmählich, daß der mächtige König Toikella nichts weiter als ein Floh am Hintern Majipoors war, und diese Erkenntnis schmerzte. Oh, wie mußte sie schmerzen!

Harpirias erkannte, daß ihm das alte, wilde Ungeheuer aufrichtig leid tat – daß er Toikella mittlerweile sogar mochte; er wollte nicht der Grund seines Untergangs sein.

Er hielt nach Korinaam Ausschau und rief ihn an seine Seite. Was er sagen wollte, war für sein unbeholfenes und fehlerhaftes Othinor viel zu kompliziert.

»Laß ihn bitte wissen«, sagte er zu dem Gestaltwandler, »daß wir von Majipoor den Vertrag, den wir gerade unterzeichnet haben, als heilige Verpflichtung ansehen und daß seine Bedingungen die Unabhängigkeit der Othinor auf ewig gewährleisten werden.«

»Das weiß er bereits«, sagte Korinaam.

»Ganz egal, was er bereits weiß oder vielleicht auch nicht weiß. Sag es ihm. Sag ihm, er soll Vertrauen in dem Vertrag haben, und in mich. Sag ihm, daß wir seinem Volk nie einen Schaden zufügen werden.«

»Wie Ihr wollt, Prinz.«

Korinaam wandte sich an den König und sprach ausführlich; und soweit Harpirias es verstehen konnte, gab der Gestaltwandler die Dinge, die er sagen sollte, genau wieder. Doch damit machte er die Sache anscheinend nur schlimmer. Toikellas Stirnrunzeln wurde immer stärker; der König nagte an seiner Unterlippe, ballte die Hände zu Fäusten und schlug seine großen, buckligen Knöchel zusammen, bis sie knallten. Seine Nasenflügel bebten, seine Wangen wurden vor wachsendem Mißfallen immer straffer.

Als er antwortete, sah Toikella nicht Korinaam, sondern Harpirias an, und seine Antwort war kurz und zynisch und wurde mit unmißverständlicher Wildheit vorgetragen:

»Ich danke dir. Ich bin für deine Gnade dankbar.«

Harpirias hatte nicht die geringsten Schwierigkeiten, die Worte des Königs zu verstehen, auch nicht die Bedeutung unter ihrer Oberfläche. Toikella hatte vollkommen richtig erkannt, daß er seine Macht nur aufgrund der Duldung der Lords von Majipoor behalten durfte, und es fiel ihm nicht leicht, dies zu akzeptieren.

Trotzdem verspürte Harpirias das Bedürfnis, einige Worte des Mitgefühls und der Beruhigung zu äußern.

»Eure Majestät ... mein guter königlicher Freund ...«

Toikella antwortete mit einem Knurren. »Geh jetzt. Geh, verlasse diesen Raum, verlasse dieses Land. Und möge nie jemand von euch hierher zurückkommen – weder du noch einer deiner Art.«

Korinaam bot sich an, die Worte zu übersetzen, doch Harpirias bedeutete ihm mit einer Geste, er solle schweigen. Er hatte die Bedeutung der Worte des Königs genau verstanden.

Harpirias reichte ihm die Hand. Toikella starrte sie an, als wäre sie schmutzig. Eine eisige Aura gekränkter königlicher Würde umgab ihn, so frostig wie der dunkelste Wintertag im Reich der Othinor.

»Wir haben keine Angst«, sagte Toikella stolz. »Soll das Reich es nur versuchen – wir sind bereit. Selbst, wenn du ein Heer von zweihundert Mann gegen uns schickst! Von *drei*hundert!«

Darauf konnte Harpirias nichts erwidern. Es war

am besten, die Dinge auf sich beruhen zu lassen, dachte er. Zumindest Toikellas Stolz war noch intakt. Und vielleicht würden die Wunden dieses Besuchs nach einer Weile heilen, und vielleicht würde er sich in hohem Alter brüsten, wie er den Coronal von Majipoor einst gezwungen hatte, zu ihm angekrochen zu kommen, um die Freilassung seiner Forscher zu bewirken, und wie er dem Coronal als Bezahlung für die Geiseln, die er genommen hatte, ein Kind von königlichem Blut herausgelockt hatte.

So sei es, dachte Harpirias. Korinaam hatte letztlich doch recht gehabt: er hätte nichts damit erreicht, Toikella die Wahrheit aufzuzwingen, und wahrscheinlich nur viel damit verspielt.

Er verabschiedete sich formell von dem König; Toikella erwiderte den Gruß steinern und mit großem Hochmut. Dann wandte er sich für einen letzten zärtlichen und rührseligen Augenblick seiner Othinor-Prinzessin Ivla Yevikenik zu. Aber was sollte er zu ihr sagen? Was *konnte* er sagen? Trotz all seiner Burgberg-Eloquenz fiel ihm jetzt nichts ein. Sie sah ihn ernst an; er lächelte; auch sie brachte ein gewisses Lächeln zustande; ihre Augen glänzten; die Tränen wischte sie mit dem Handrücken fort. Er konnte sie zum Abschied nicht küssen. Der Brauch des Küssens war hier unbekannt. Schließlich ergriff Harpirias ihre Hand, hielt sie eine Zeitlang fest und ließ sie dann los. Sie nahm die seine, drückte sie leicht gegen ihren Bauch und hielt sie eine Weile dort, als wolle sie ihn das neue Leben fühlen lassen, das dort entstand. Dann ließ sie ihn los und wandte sich ab.

Harpirias rief seine Soldaten zusammen, bedeutete den freigelassenen Geiseln, ihm zu folgen, und ging aus der Festhalle.

KAPITEL 18

Wie die Dunkelheit des sternenübersäten Himmels verriet, würde die Dämmerung noch einige Stunden auf sich warten lassen. Aber sie benötigten den Rest der Nacht, um die wartenden Schweber zu beladen und für die Heimfahrt vorzubereiten. Der Himmel streifte sich bereits rosa, bevor die letzten Aufgaben erledigt waren.

Harpirias blieb einen Augenblick lang vor der hohen Steinwand stehen, die das verborgene Königreich der Othinor umgab.

Jetzt ging es nach Hause! Nach Hause in die wartende Wärme Majipoors – und vielleicht zur Wiederauflebung seiner unterbrochenen Laufbahn auf dem Burgberg. Er hatte die Aufgabe, wegen der man ihn hierher geschickt hatte, tatsächlich erfüllt; mehr noch, er hatte ein großes Abenteuer erlebt und Geschichten für sein ganzes Leben gesammelt, Geschichten, die der Coronal sich begierig anhören würde, und alle anderen ebenfalls. Und nun kehrte er nach Hause zurück, um diese Geschichten zu erzählen; nach Hause, zu einem anständigen Bad, und einer Mahlzeit mit richtigem Essen: Austern, gewürztem Fisch und Sekkimaundbrust oder Bilantoonkeule, und dem dickflüssigen, starken Wein von Muldemar oder dem helleren, karmesinroten Wein von Bannikanniklole oder dem goldenen Wein von Piliplok oder dem vornehmen silbergrauen Wein von Amblemorn, oder vielleicht alle vier kurz hintereinander – mit einer helläugigen Schönheit mit hohen Wangenknochen und zierlichen Brauen als Gefährtin für die Nacht, ja, oder – warum nicht? – mit zwei oder drei Gespielinnen ...

Aber Harpirias wußte, daß das Land der Othinor sich für immer in seine Seele gegraben hatte. Ohne jeden Zweifel würde er immer wieder von dem Land der Othinor träumen, wenn er endlich wieder zu Hause war. Bilder der Eiswelt würden sich verstohlen in seinen Geist schleichen, von König Toikellas verräucherter Bankettthalle, und von den höhnischen, Luftsprünge machenden *Eililylal* der Hochlande: Das wußte er genau. Und die junge Frau mit dem glänzenden Haar und dem Knochensplitter in der Oberlippe, die sich in so vielen frostigen Nächten auf sein Zimmer geschlichen hatte, um ihn warm zu halten: Auch sie würde in seinem Schlaf zu ihm kommen.

Ja. Ja. All das und viel mehr: Harpirias war davon überzeugt. Er würde diesen Ort niemals vergessen.

»Alles ist verstaut, Prinz«, rief Eskenazo Marabaud ihm zu. »Die Sonne geht bald auf. Sollen wir aufbrechen?«

»Einen Augenblick noch«, sagte Harpirias.

Er trat noch einmal durch den schmalen, keilförmigen Spalt in der Bergwand, der den einzigen Zugang zu König Toikellas Land bot. Das Eisdorf leuchtete schwach im perlenartigen Licht der Dämmerung. Harpirias ließ die Blicke über die leuchtenden, schmucken Fassaden streifen, über die funkelnden Eisverzierungen.

Eine kleine Gestalt stand vor dem Gebäude, in dem sich sein Quartier befunden hatte. Auf diese Entfernung konnte Harpirias sie kaum deutlich ausmachen, aber er konnte sie sich mit seinem inneren Auge genau vorstellen, eine zerlumpte, schmutzige Gestalt in achtlos übergeworfenen Fellen, ein Mädchen, das vielleicht sein Othinor-Kind trug. Sie winkte ihm zu, zuerst zögernd, dann eifriger, eine Geste deutlicher Liebe und Sehnsucht.

Er sah sie lange an. Dann winkte er ebenfalls, drehte sich um und ging davon, zurück durch den Spalt in der Bergwand und zu seinem Schweber, um die lange Heimreise anzutreten.

ENDE

Science Fiction Klassiker von

Robert A. HEINLEIN

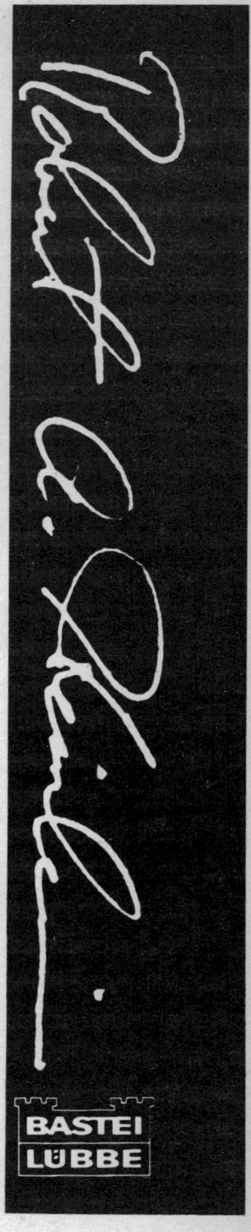

Von Robert A. Heinlein sind bei Bastei-Lübbe folgende Titel erschienen:

Band 24001
Sternenkrieger
Band 24118
Das neue Buch Hiob
Band 24124
Die Katze, die durch Wände geht
Band 24163
Die Sternenbestie
Band 24176
Die Tür in den Sommer
Band 24183
Farnhams Oase
Band 24187
Segeln im Sonnenwind
Band 24191
Der Mond ist eine herbe Geliebte
Band 23163
Das geschenkte Leben

Sie erhalten diese Bände im Buchhandel, bei Ihrem Zeitschriftenhändler sowie im Bahnhofsbuchhandel.